Hermann Bärthel

De besten Geschichten

Quickborn-Verlag

Die plattdeutsche Schreibweise
wurde unverändert vom Autor übernommen.

2. Auflage 1994

ISBN 3-87651-142-9

Umschlagzeichnung: Wolfgang Nagl, Hamburg
Gesamtherstellung: Clausen & Bosse GmbH, Leck
Printed in Germany

Inhalt

Vorwort

Für Menschen mit einer Schwäche für Witziges und einem Horror vor Witzen sind sie geschrieben, die Geschichten von *Hermann Bärthel.* Als er 1977 die »Radio-Bühne« in der NDR-Sendereihe »Hör mal'n beten to« betrat, nahm er eine Sonderstellung unter seinen Autorenkollegen ein, und diese hat er sich bis heute bewahrt. Dies traf und trifft nun nicht nur auf seine Mitarbeit bei der plattdeutschen Morgenplauderei des NDR zu — auch in der plattdeutschen Literatur hat er neue Akzente gesetzt!

Groß war das Echo auf seine Geschichten, die zunächst für den Rundfunk geschrieben waren, und so erschien noch im gleichen Jahr unter dem Titel »Strohwitwers« das erste Buch von *Hermann Bärthel.* Er stellte ihm den Hinweis voran: »Ich schreibe nicht Plattdeutsch, weil ich es besonders komisch finde, ›Mors‹ statt ›Gesäß‹ zu sagen, sondern weil die niederdeutsche Sprache es mir ermöglicht, dem hochdeutschen Leser Bekanntes zu verfremden und so vielleicht neu bewußt zu machen.«

Gerade das ist dem geborenen Hamburger mit treffsicherem Mutterwitz in seinen Situationsschilderungen gelungen — »Strohwitwers« lag bereits nach kurzer Zeit in mehreren Auflagen vor und ist noch heute als Taschenbuch lieferbar. Weitere Bücher folgten, und sie alle haben eines gemeinsam: Es ist in ihnen weder von nostalgischer Idylle, noch von einer heilen Welt die Rede, sondern vielmehr von dem oft von falschen Klischees geprägten Alltag.

Hermann Bärthel bedient sich dabei der sehr viel direkteren und vor allem ehrlicheren plattdeutschen Sprache, und eben diese Ehrlichkeit ist ein wichtiges Element in dem außergewöhnlichen Stil seiner Texte. Themen von heute bestimmen die Inhalte seiner Bücher, und so beweist er immer wieder, daß auch die Wahrheiten unserer modernen Zeit durchaus einen Platz in der plattdeutschen Sprache haben können. *Hermann Bärthel* scheut sich nicht, Worte aus der Wirklichkeit der gesprochenen Sprache schriftlich

zu fassen und integriert auf diese Weise mühelos Zeitausdrücke aus fremden Sprachen und neuen Technologien.
Er ist geschickt in der Wahl seiner Motive und exakt in der Beobachtung seiner Mitmenschen; so gewinnen seine Glossen und Grotesken zeitkritischen Charakter. Da er sich jedoch auch selbst von dieser Zeitkritik nicht ausnimmt, sondern seine eigenen Schwächen und Eitelkeiten, Träume und Sehnsüchte ebenso ironisiert, wirkt sie nie verletzend. So hat die oft versteckte Ironie in seinen Geschichten denn auch nachhaltige Wirkung auf die Leser — eine Ironie, die zwar den Humor der plattdeutschen Sprache unterstreicht, aber dennoch den ›Makel‹ vermeidet, immer nur »witzig« zu sein!
Der vorliegende Band bietet eine Sammlung der besten Geschichten aus *Bärthels* vergriffenen Büchern. Es sind satirische Beobachtungen von Situationen und Begebenheiten aus dem alltäglichen Leben — sie sind ein Dokument für die besondere Art und Weise, mit der *Hermann Bärthel* es versteht, uns mit uns selbst bekannt zu machen!

Hamburg im September 1992 *Quickborn-Verlag*

Tühnbüdel op hoog un platt

oder

Der bilinguale Wirrsprechsack

Segg mol – du kannst doch Platt, wat?
(Verlautbaren Sie doch bitte, ob Sie des Flachen mächtig sind!)
Blots so'n lütt beten?
(Lediglich rudimentär?)
Na… denn wurr ick driest seggen…
(Nun… dann machte ich mich keck anheischig…)
…datt wi tovörderst mit'n kotte Platt-Lekschoon anfangt!
(…daß wir introduktiv mit einer komprimierten FDUE [Flachdeutsch-Unterrichtseinheit] beginnen!)

Un ick heff mi ok al utklamüstert, ob welk Art un Wies dat to maken weer. Tovörderst: Dat dröff nich glieks so veel op mol sien, nich vunwegen eenfach op los snacken un so doon, as kunn en sick dat Plattdüütsch so blangenbi mit opnehmen! Op keenen Fall! Un blots nich furts anfangen mit so swore Saken as, seggt wi mol, Kau! Un datt dat welk gifft, de dor ok Kou to seggt oder womöglich Keu!! Wenn de denn noch hört, dann anner Lüüd sogor Köh seggt, denn is 't al ut, denn smiet se glieks allens wedder hen. Nee, wat wi brukt, is 'n sekern Bodden, op den wi buen kóönt. Dat Best is 't, wenn wi erst mol mit 'n poor plattdüütsche Snacks anfangt, denn hebbt wi al wat parot, wenn wi mol Platt snacken wüllt.
Fangt wi mol an mit »Ick snack Platt – du ok?«, wat op hochdüütsch heet »Ich selbst schnacke Platt – ob du wohl auch?« Süh, dat passt meist jümmers, dor kannst nicks verkehrt bi maken. Und denn »Moin!« Översett ist dat »Guten Morgen, guten Mittag, guten Abend, gute Nacht!« Un wieder: »Do wat du wullt, de Lüüd snackt doch!« Dat heet: »Und tätest du auch, was immer du wolltest, es können die Leute doch nicht umhin zu schnacken!« So, dat weer Nummer dree, un so geiht dat nu wieder: »Oh Hannes, wat 'n Hoot!« Hoogdüütsch: »Oh, sieh nur Johannes, welche Kopfbedeckung!« Oder »Nu geiht 't los!« – op Hoog-

düütsch: »Es hebet an, itzo!«, un ok »Lat mi an Land!«, wat heet: »Ich erbitte Landgang!« Un noch een: »Wat den een sien Uul, is den annern sien Nachtigall.« Dat is nu al 'n beten sworer to verstahn, heet aber: »Der eine sieht so schlecht, daß er glaubt, seine Nachtigall finge Mäuse; der andere indes hört so schlecht, daß er meint, seine Eule singe!« To 'n Sluss noch 'n poor heel vigeliensche Snacks för de ganz swienplietschen Hochdüütschen: »Mak keene Fisimatenten!« Dat hett mit Franzöösch to doon un heet so veel as »Mach nur ja keine Zeltbesuche!« oder ok annersrüm: »Nur wacker hereinspaziert!« Un denn noch: »Oh, Mann in de Tünn!« — dat seggt en, wenn he sien Fründ Diogenes besöken will, und dat bedüdt »Hallo Sie, Herr in der Tonne!« Ophören doot wi denn mit 'n lütt sinnig plattdüütsch Leed: »Beer un Appel, Beer un Appel — smiet noch mol welk in de Grabbel!« Dat is nu wedder bannig licht to verstahn un heet eenfach: »Kernobst, Kernobst — wirf ein weiteres Mal etliches davon in die Greife!« Wenn een nich wusst hett, wat hochdüütsch »Greife« heet, denn so weet he jo nu, datt dor de Grabbel mit meent is —.

En dröff aber nu nich glöven, dat allens, wat mit Platt tosamenhangt, ok lustig is, man jo nich! Denn de Plattdüütschen sünd jo nich egolweg an 't Jubileeren un Spoß maken — de köönt ok fix schimpen! So gnurrt se to 'n Bispill, wenn se fünsch sünd: »Klei mi an de Büx!« Dat is so 'n Art Inladung un heet: »Ich ersuche um leichtes Schaben an meinem Beinkleide!«

Düssen Snack gifft dat ok sünner Büx, man dat passt hier woll nich so good her —.

So, un wenn se sick denn bannig in de Hoor liggt, denn kummt dat vör, datt een vun de Tokiekers den een'n vun de Wutköpp denn toröppt: »Hau em de Jack vull!« Süh, an düssen Snack kannst marken, datt de Plattdüütschen heel vörsichtige Lüüd sünd — besünners, wenn se sick mit een in de Wull hebbt, de beten wat grötter is as se sülven! Denn mit »Hau em de Jack full!« is meent: »Verprügle ersatzweise statt des Herrn sein Jackett!«

Op de anner Siet: Plattsnacken hett ok nich jümmers mit Verhauen to doon, so ist dat jo nu nich! Wenn dat so wär, denn kunnst dor jo licht een to veel bi kriegen!

Hollstop — dat is ok so 'n Snack: »Kannst een toveel bi kriegen!«

Dor heff ick langtiets över nahdacht, un dat weer nich so licht, dor 'n passobeln Sinn in to finnen!
Man opletzt heff ick dat denn doch rutkreegen, dat heet: »Wenn einer schon einen hat und bekommt noch einen dazu, dann kann ihm dieses leicht zu viel werden!«
Aber mi dücht, mehrstiets geiht de Plattdüütschen dat good un se weet sich dat Leven fein intorichten.
Wenn se dat mol nich so good geiht, denn so sünd se doch tominnst höflich un wünscht sick, datt dat beter ward un seggt denn: »Holl di fuchtig!«, wat nicks anners heet, as: »Eine gewisse Wackerheit wohne deiner Haltung inne!«
Fröher, as lütten Jung, heff ick dat noch nich wusst, un wenn mien Grotvadder, de jo Seilmaker weer un jümmers Platt snacken dee, wenn de to mi sä: »Holl di fuchtig, Jung«, denn so heff ick deep sinneert, woans ick mi denn nu blots hollen schull, üm datt dat ok richtig »fuchtig« utseeg! Mol bün ick denn mit 'n scheeben Hals lopen un mol mit 'n stief Krüüz. Eenmol bün ick gahn, as harr ick twee linke Been –. Man nüms dee mi seggen, datt ick op düsse Art besünners »fuchtig« utseeg, all hebbt se sick blots över mi wunnert –.
Un ok laterto hett mi dat Plattdüütsche 'n Barg Radels opgeeven, to 'n Bispill dat, wat wi as Jungs jümmers röpen, wenn wi in 'n Winter in 'n Sternipark mit uns Slitten togang weern un as dull de »Slangenbohn« un de »Todesbohn« dalsuusen: »Hengelidor! De Klüten sünd gor!«
Toerst dach ick, de Gören, de dat röpen, wullen nah Huus, to 'n Eten, un se röpen ehrn Broder Hengeli.
Wunnern dee ick mi blots, woveel Kinner Hengeli heeten –. Man as ick öller wör, dor full mi in, dat kunn jo ok eenfach so 'n Snack bi 't Inköpen sien, den de Kinner opsnappt harren, seggt wi mol, Fruu Hansen löppt dörch 'n Supermarkt mit ehrn Mann un röppt: »Oh, Hengeli – dorten! Klumpen gibt es auch als Fertiggericht!«
Tjä, denn holl di fuchtig, Hengeli!

’n Oog riskeern

Also, ’n Dongschuan bün ick nich, dat will ick glieks seggen. Vun Ogensmieten verstah ick nicks, un mien maskulinen Tatsch hört bi mien’n Vörnamen op. Man güstern steeg ick in de Isenbohn, un dor seet in dat Coupé ’n Fruu – oha! Ick mi in de Eck flenzt un achter mien Kääsblatt. Dor geiht de Döör op, un so ’n richtig starken Typ kummt rin, een vun düsse eleganten Swiensleddersuffermackers, so mit teihn Meter Ohdekolonschradius üm sick rüm. He sett sick in de annere Eck, krüüzt de Been öbernanner un fangt furts an mit dat wilde Flirten. Glupsch de Deern egolweg an ut sien natten Samtogen un grien dorto unverschamt op siene markante Dressmantour.
Ick weer afsluut baff un dach, nu is se woll hen un futsch, un ick keek ehr so öber mien Zeitung an. Un weeßt du wat – dor pliert mi de Aphrodite doch to! Eerst dach ick, se hett ’n Sülverblick un meent den blitztähnigen Adonis – aber nee! Ick mark, wat ick al ’n roden Kopp kreeg. Sowat mi!! Ick foll dat Blatt tosamen, steek dat in de Tasch, keek ehr wedder an, un se mit ehre Kullerogen – kannst di gor nich vörstellen... de reine Lava, segg ick di!
Na, ick heff denn furts de Brauen hochtrocken – denn seh ick tominnst ’n beten intellektuell ut – un mien spezjelles Kennergrienen opsett. Un dor geev di dat ’n Füürwark – nich uttoholln!
Nah ’n halv Stünn Ogensmieten mit Root- und Bleekwarrn müss ik utstiegen. Stunn de Deern doch ok op un trock sick an! Minsch, dach ick, nu schallst du jo woll in Balzacs Footstappen pedden! Ick snapp mi Tasch un Paletot un denn achter ehr un den albernen Dschigolo ran, de, hahaha, düttmol keen Schangs hatt har, un wull grod to mien eenmolige Charmattack ansetten, dor – – dor hook mien Droomflirt düssen Spinner doch ünner, lach em an, un he brummel wütig: Mal hezz mich ja auch anlachen könn’, nich? Komm mir schon richtig beknackt vor bei so ’n Scheißspiel! Diesen Eheberater hau ich morgen gepflegt ein über de Gurke – der mit seine Entfremdungstaktik...

Tietrastellis

Naja — noch hest du jo de besten Schangsen, di allens so intorichten, as du di dat vörnahmen hest, dat Johr is jo eerst anfungen... kann 'n sick meist gor nich vörstellen, wat 'n barg Tiet so 'n Johr is.
Un ick glööv, so denkt woll de mehrsten Lüüd, man liekers — dat gifft ok welk, de hebbt jümmers twee Arten vun Tiet parat un vun de söökt se sick ut, wat jem grood passen deit... seggt wi mol, an de Tankstell: Is vull dor, de Autofohrers staht inne Slang, se mött töven. Töven makt keen Jux, vör allen, wenn dat lang duurt. Se sünd all op 'n Quivive, rekent sick ut, wannehr se an de Reeg sünd; regt sick op, wenn een Stiesel to lang brukt för't Tanken, jo, un denn sünd se an 'n Drücker.
Wat nu passeert, is för mi 'n Geheemnis. De, de jüst noch afsluut hippelig weer, dat schietenhilt harr, sick öber de Slaapmütz dor vörn oppuust harr — mit den geiht nu 'n Verwandlung vör sick. Utstiegen deit he noch fix, üm datt ok keen annern sick den Zapfhahn langt, man denn: Vörsichtig ward de Tankdeckel afschruuvt, de Zapfhahn inföhrt... blots keen Schramm in den Lack... un denn löppt de Tiet — langsom för de annern, för em hett se nicks mehr to bedüden. He kiekt in de Gegend rüm, de Saft gurgelt in sien'n Tank. Sien Auto mutt 'n Panzer sien, wo blifft he mit all den Sprit? Söbentig Liter, so, vull is he. Nee, noch nich. Wat nu kümmt, is Geföhlssaak. Penibel un sutje ward ok de lesten fievhunnert Druppen infüllt: Eenunsöbentig, tweeunsöbentig, tweeunsöbentigkommatwee... dree... veer... anholln... wieder — noch twee Druppen... so... nee, geiht noch wat rin... jo, nu is... Ogenblick noch... nu langt dat woll. Vörsichtig ruttrekken... keen Benzin op den Lack... so — fardig un trecht. Wedder trüch, Tankdeckel opschruven un afslu... 'neem is denn de Tankslötel? Achso, jo, dor is he... So — oh, Momang — üm een Hoor harr he vergeten, dat Öl to kontrolleern: Hallo — könn' Sie mah bitte den Ölstand...?

Sien Tiet is stahnbleven, so as de Autos achter em. Nu ward Öl nahgaten. Denn Water. Un nu, nu halt he sick kommodig de Pressluft…

Heh, könn' Sie das nich 'n Stück weiter längs statt vor de Tanksäule??

Nee, worüm? He harr ok töven mußt. Veer Rööd duurt veer Ewigkeiten. Man denn betahlt he. Mit 'n Scheck. Un he schrifft düütlich, düüt-lich un langsom. Wat hebbt wi hüüt – den negenten-? Aha. Dor fallt em in: He brukt noch wat för de Dören, so 'n Art Öl… de Dören quietscht 'n beten… hier, hört Se mol… jümmers wenn ik so maak…

Man to 'n Sluss sitt he denn doch wedder in sien Kalesch un fohrt… nee, noch nich. Denn he mutt sick noch den Tachostand opschrieven un denn utreken, woveel sien Wagen sluukt hett. Nu leggt he den Gurt an, stickt sick 'n Schmöök in 't Gesicht, dreiht sien Radio an un – fohrt! Fohrt weg, nah veerteihn Minuten. Un hett dat mit mol wedder so ielig, datt he den Aschammer mitnimmt, de an de Infohrt steiht.

Ick weet nich, wat luder weer: Dat Scheppern vun dat Blech oder dat Lachen vun de Autofohrers, de achter em so lang harrn töven müssen…

Nich mööglich…

Dat Restaurant is een vun de vörnehme Aart. Allens is liesen dor, de Gäst, de Kellner, de Teppichbodden, dat Meubelmang — allens. Poor Disch wieder lang vun mi sitt 'n Schentlmänn un sien Lähdie, se eet as in 'n Film, parleert halfluud, köönt sogor wat mit de Serviett anfangen. Is öberhaupt sowat vun Kultur in den ganzen Laden, datt dat, wat nu passeert… also dat kann egentlich gor nich passeern, dat… dat… wo kann dat blots angahn —?
De Schentlmänn kriggt 'n Hickop. Einen Schluckauf. Lateinisch Singultus. Inspiratorisches Geräusch, das unwillkürlich durch ruckartiges Zusammenziehen des Zwerchfells und nachfolgenden Stimmritzenverschluß entsteht.
De Hickop weer luud. He stunn in dat elegante Silentium as Männeken Piss in de Goode Stuuv. De Schentlmänn fohrt sick lässig mit de witte Serviett öber sien Snuut un parleert dor wieder, wo he ophört hett. De Lähdie hett afsluut nicks markt; de Kellner, de üm een Hoor de Wienbuddel fallen laten harr, hett nich mol Tatterhannen bi 't Inschenken. De annern Gäst hebbt gräsig wichtige Saken to besnacken, 'n Hickop kennt se seker nich.
Nu aber kümmt den Hickop sien groten Broder. Tegen düssen Hickop weer de eerste 'n Spiddelwipps, 'n toonlosen Süüfzer, 'n Gornicks. Deep un gurgelig stiggt he ut de Bost, makt den Schentlemänn de Lippen flattern un wabert mit 'n duster Tremolo dörch den Ruum.
De Ober sett de Buddel af, de Lähdie fallt de Gobel ut de Hand un de annern Gäst dreiht sick langsom üm — se kööt nich glöven, wat se dor hört hebbt.
De Upper-Ten-Tarzan hollt sick krampartig dat witte Dook vör 't Gesicht, man düssen kolossolen Hickop kriggt he nich mehr tofaten. Ok den neegsten nich. De Hickop stiggt nich mehr ut em rut — he ritt em mit hoog. Dat is, as wenn du 'n olle rustige Waterpump ingangsettst: deepduster unheemlich, mit Quietschen, Röhren un langsom starven…

Nu steiht de lebennige Knigge op, de Kellner wiest ielig op 'n Döör un Hickop Nummer veer peest nu dörch den Lokus. In dat Restaurant weer allens Plüüsch un Teppich, 'n Lokus ist hygienisch mit Steenbodden un Kachelwannen; düsse hett sogor noch 'n Echo. Ick heff in mien Leven noch nich sowat Grugeliges hört. De annern Gäst woll ok nich. Dat Eten hebbt se vergeten. Se steekt de Köpp tosamen un tuschelt nervös, de Kellner wischt sick mit sien Serviett den sweetnatten Baffi. De Lähdie is so in sick tosamenkropen, datt blots noch ehr toupeerte Lockenpracht to sehn is. Ut den Lokus ballert in jümmers köttere Afstänn een Hickop nah den annern.
Verzeihen Sie, meine Damen und Herren... wüspert nu de Ober — Ist vielleicht ein Arzt unter Ihnen — ?
Een Macker steiht op. Nee, 'n Doktor is he nich, man tegen Hickops hölpt blots Luftanholln — he wull den armen Kirl mol gau bistahn...
Zucker! röppt 'n öllerhaftige Fruu. Herr Ober — haben Sie nicht einen Löffel voll Zucker?
Un 'n Männädscher seggt, dat is allens Tühnkraam — bi sowat hölpt blots dreemol dröög Rünnerslucken, dat wüss he noch vun sien Grootmudder!
De föffteihn, twintig Lüüd kaamt in Raasch. Se sünd opstahn, 'n poor vun jem al op 'n Weg nah den Lokus; de Kellner hett al sien'n Lepel Zucker praat. In de Haissosaietieh is 'n echten Nootstand utbroken.
In düssen Ogenblick geiht de Döör vun dat Kabuff wedder op, un de Schentlmänn kümmt trüch. He stiert kott un höögstens lütt beten verbaast op de Versammlung, stulzeert as ut 'n Herrenjournal to sien'n Disch röber un sett sick daal.
De Lähdie is wedder op ehr normale Grött wussen, de Ober is so perplex, dat he den Lepel mit Zucker in sien Jackentasch stickt.
De annern Lüüd sitt ok al lang wedder, se sünd nie nich opstahn.
Hickop — ? Bitte — ? Was ist das denn?
Achso — Singultus... aber doch nicht hier... ich bitte Sie...

Old un Jung

Nee, oh nee, jammer Ida, ick weet würklich nich, wo de arme Jung dormit klaarkamen schall... wo he doch so geern Meddageten mag, un nu womöglich blots noch düsse pappigen Pizzas... un wokeen schall sick üm siene Wäsch kümmern... Tjä, tjä — so föhlt eben blots 'n Mudderhart, un ick heff ehr denn ok glieks verklort, datt — also pass mol op, heff ick to Ida seggt, dien armen Jung is nu meist dreeuntwintig Johr olt, sien Deern is twintig, se hebbt beide keen Knick in 'n Brägen, un wenn se nu in 'n eegen Wahnung trecken wüllt, denn is dat heel normal un dor hebbt wi afsluut nicks mit to doon, dat is denn ehr Saak! Dat ward de al wunnerbor henkriegen, ganz alleen, dor mööt wi uns fein trüchholln, dat hett de Deern ehr Vadder ok seggt, un dat is wiss 'n vernünftigen Minschen!
Is doch wohr... wi dröfft de jungen Lüüd doch nich allens vörschrieven... de mööt sülvst sehn, wo se klaarkamt, un dat heff ick ok den Huusweert seggt, as Ida un ick uns de Wahnung ankieken deen, un de Klöörn vun de Wannen un den niegen Teppichbodden, dor kümmt nicks anners as behsch un bruun in Fraag, dor hebbt de jungen Lüüd den sülvigen Smack as wi! Wi köönt jem dor höögstens 'n poor gode Ratslääg geven, vör allen, wat de Gardinen angeiht, also wi hebbt op 'n Böön noch wunnerbore Gardinen, de noch keen beten... Neenee, säh dor de leve Susi, de anners blots jümmers still kiekt as 'n Bambi, Gardinen ham wir schon, schönen Dank auch...
»Nee« het se seggt, sogor tweemol, wo ick doch blots 'n Vörslag maken wull! Kann ick ehr Mudder goot verstahn, datt se 'n beten vergrätzt weer, as wi Öllern bi uns tosamenseten, üm datt wi... dat heet, de jungen Lüüd... datt se ok allens in de Reeg kriegt; jo, un Susi ehr Mudder harr nämlich noch 'n Store, de eenmolig goot vör dat Wahnstuvenfinster passen dee, un dor seggt doch de stille Deern, datt se eerstmol keen Wahnstuuv un Slaapkamer wulln un tweetens keen Store. Batz! Keen Store! Mien Jung dee dorto nick-

köppen, un ick kunn dütlich marken, wo truurig he weer, nu keen Store vör 't Finster... Ida harr ok al Tranen in de Ogen. Wo se em doch dreeuntwintig Johr an ehrn egen Bossen... naja, de lesten Johr nich mehr so veel, man liekers...

Wi Öllern hebbt uns denn ok nich mehr dortwüschensteken, blots noch seggt, wat de Twee noodwennig bruken deen an Meubelmang, so to 'n Bispill uns gode Essecke, de wi extra opbewohrt harrn, üm datt uns Jung un sien Deern — Du, stell Di vör: De wulln se ok nich! Wat seggst dorto? Nich mol dat durabel Schrankbett, dat Susi ehr Vadder üm een Hoor al mitbrocht harr! Wo kann sowat nu blots angahn! Wenn ick mi vörstell, uns Öllern harrn sick domols so veele Gedanken makt, as Ida un ick... un de Deern ehr Mudder fröög denn blots noch, wat se womöglich ok keen Gusto op de feine blaue Badegarnitur harrn? Man ehr datt de jungen Lüüd wedder 'n Schangs in 'n Wind slögen, hett düttmol Ida faststellt, datt dat nu würklich nich güng, denn ick meen, för wat hebbt wi all de Johren den eleganten Badeteppich in 't Schapp hatt — originalverpackt!

Nee, dat mutt jo nu allens Hand un Foot hebben. Süh, wi verlangt jo gor nich, datt de Twee allens op 'n Stutz richtig makt, un de mööt ok alleen innegang kamen, man wi Öllern sünd jo nu ok noch dor un wi weet ut Erfahrung, wat bi so 'n Huusholt allens verdwars lopen kann... Telefon mutt anmellt warrn, Strom, Post... also wi hebbt noch den ganzen Nahmeddag tosamenseten un allens in de Reeg brocht. Is nu allens klor mit de Inrichtung, blots mit de Köök sünd wi uns noch nich eenig, wat de Köhlschrank nich lever op de Deel... wo de Köök doch so lütt is... op jeden Fall: De jungen Lüüd weern al lang weggahn, se harrn noch wat to beschicken, un dat is ok richtig so, denn wi dröfft jem jo nich allens afnehmen, nich?

Also dor hebbt wi eerstmol een op nahmen, dat wi so moderne Öllern sünd —.

Grote Welt

Also dat magst jo meist gor nich vertellen, man kannst du di vörstellen, datt ick bit vör 'n poor Weken noch nie nich flagen bün? Naja – ut de School, dat is wohr, un domols ut de Lehre, jo, man anners blots eenmol, in de föfftiger Johren, nah Berlin, dat is aber al lang her... dat weer eenfach nich nödig för mi, to flegen –.
Man nu güng dat nich anners, ick müß vun London nah Hamborg trüch un harr dat ielig mit de Termine – also flegen. Söss Weken vörher harr ick allens per Telefon bestellt un mi allens penibel opschreven: Flugnummer, Code-Nummer, wannehr dat loosgüng, eben allens.
To 'n eersten Mol in mien Leven weer ick so 'n lütt beten Dschett-Sett. Ennelk kunn ick mol Hailaif snuppern. Op den Airport in Heathrow güng ick lässig to een vun de Schalters un see lichthen de Nummern, de ick mi opschreven harr. De Macker achtern Tresen drück jüst so lichthen 'n poor Knööp, un wat schall ick di seggen: Op den Bildschirm vun sien Computer stunn miteens mien Naam! Dunnerslag! Dat dee mi deepen Indruck maken, sünnerlich as he denn see: Hello, Mister Bartell!
Man so is dat in de grote Welt: Jüst wunnerst di noch, datt se tohuus dien 'n Namen kennt, un nu sogor in London!
Een Schalter wieder lang stunn so 'n asiatischen Typ. De harr gor keen Geföhl för so 'ne eenmolige Situatschoon! Dee nich mol betohlen, de Smailieh, hett blots so 'n lütte Koort henleggt, un as de Schaltermacker seeg, datt he keen Geld harr, hett he em dat Ticket so geven, un nu weet ick ok, worüm de Fluggesellschaften nich ut de roden Tallen rutkaamt.
Denn bün ick in dat vörnehme Restaurant gahn, denn ick weer ut Vörsicht twee Stünnen to fröh kamen – kannst jo nie nich weten, nich? Eerst dach ick, ick müß woll tominnst Schampanjer... oder Whisky on the rocks, oder so... man denn seeg ick anner Lüüd simpel Tee drinken un heff dat denn ok nahmen.
Twintig Minuten, ehr datt dat loosgüng, müss ick to 'n Tscheck-in.

Ick heff mi seggen laten, bi düsse Gelegenheit ward de Flugpiraten utsorteert. Düttmol weern keene kamen, un dütthalven heff ick denn gau noch Zigaretten un Kööm köfft in 'n Duty-Free-Shop, wo allens so billig is, datt du glöövst, du köffst tohuus in 'n Supermarkt. Denn keem ick in so 'n speziellen Glaskäfig, to 'n Töven, 'neem al veele Lüüd rümstunnen un so deen, as weer dat reinweg nicks! As wullen se mol eben mit 'n Bus fohren, statts so 'n gefohrvullen Trip dörch de Luft to maken.
Un wo gefohrvull dat weer, kreeg ick ok glieks mit, as de Dunnervagel nah boben schees: Seggt doch de Käppen miteens, datt wi nu dreeundörtigdusend hoog fleegt un wünscht denn sogor noch goode Reis! Mann, dor heff ick mi villicht verjogt! Ick meen — dreeundörtigdusend Meter... dor büst doch al in de Stratosphäre! Un wenn dor mol wat passeert — oh, oh! Ick funn, dat harrn se mi man fröher seggen schullt, denn ick wull jo man blots nah Hamborg un nich op 'n Maand! Denn heff ick aber mitkregen, datt dat blots dreeundörtigdusend Fööt weern, wat ingelsch is, un weern denn blots an de ölbendusend Meter op düütsch —. Dor weer mi al veel beter. Bit dat wat to eten geev. Dat Eten wurr jüst to de Tiet serveert, as wi dörch 'n Stück Heven keemen, dat beten kaputt weer. Denkst, du büst in 'n Paternoster, un dat Ding ritt af! Dat hebbt de clevern Öös bannig good »getaimt«, denn ick kunn reinweg nicks dalkriegen un müss in Hamburg furts mien Jackett in de Reinigung bringen, wiel datt de feine Lachspastete, de ick op jeden Fall mitnehmen wull — weer eenfach to fett un is allens dörch twee Servietten in mien Jackentasch rin, wat nich blots 'n groten Fettfleck in mien gode Jack geev, nee, ick dee ok stinken as 'n gammeligen Fisch. So bün ick aber tominnst in Hamborg rasant dörch 'n Toll kamen, un achter mi hebbt se as dull mit 'n Deo-Spray rümpüstert.
Nee, ick fleeg nich wedder. Un ick bün heel froh, datt ick nich to 'n Dschett-Set mit tohör — ick meen: Jümmers düsse Reinigungskosten...
Dor warrst jo arm bi!

Midlaifkraisis

Oh nee, oh nee, oh nee – wat hett se mi hüüt wedder tofaten, de Midlaifkraisis! Glieks as ick opstunn, weer se wedder dor, un so geiht dat nu al 'n poor Daag lang... Sünndag morgen, to'n Bispill, weer dat besünners dull: Hest dat Geföhl, nu mutt sick wat ännern! Un liggst in'n Bett un töövst... Un kannst ok nich seggen, datt ick keen Gedüür heff un licht hippelig warr, nee, leeg fein sinnig in de Puuch, wo doch de Krise so in mi rumoren dee! Man Klock ölben keem Ida al rin un reet de Finster op – un dat is jo bannig kolt buten! Ick kann di seggen – Midlaifkraisis un denn noch klappern, dat is 'n starken Hammer is di dat –. Mit Ratio is denn jo nicks to maken bi Ida, kannst ehr dat noch so sinnig verkloren, wo swor dat is för'n Mann, wenn he dor nu bi is, den Zenith, also den Höhepunkt vun siene Männlichkeit so bi lütten achter sick to laten – se denn blots, wenn dat de Zenith weer, denn much se an de Talsohle gor nich denken!

Man kiek mol, segg ick to ehr, dat is doch nu nich mien eegen Erfinnung, mit de Midlaifkraisis, dor is al veel öber schreven worrn, datt de Mannslüüd, wenn se op 'n Zenith vun...

Holl blots op mit dien'n Zenith, antert Ida, wat schall ick denn seggen, wat? Üm mien'n Zenith scheert sick hier ok nüms – öberhaupt... dor fallt mi in: Ick mutt mehr Geld hebben un ick krieg ok sowieso noch...

Geld, Geld... segg ick, dor geiht dat hier doch gor nich üm, mußt doch ok mol an de Persönlichkeit denken, de... Wat för'n Persönlichkeit denn? frogt Ida.

Na – ick! Ick bün dat doch, de in de Kraisis stickt!

Du –? Hahaha, ünner 'n Persönlichkeit heff ick mi aber wat anners vörstellt!

Se nimmt dat eenfach nich för eernst. Nich mol, dat se dat Finster wedder tomaakt.

Hör mol to, segg ick – so mit echt veel Güte in de Stimm, sett di mol hier hen op de Bettkant, ick will di mol wat vertellen...
Neeneenee, winkt se af, gah du man ünner de Bruus mit dien Midlaifkraisis, ümmer heet un kolt – schallst mol sehn, wat du denn fein in de Gang kummst, un kannst denn ok glieks den Keller oprümen...
Verdammi – dor kannst jo een to veel bi kriegen, sowat vun obstinaatsch!
Gifft Mannslüüd, gnurr ick, de gaht miteens ut'n Huus, blots so – seggt, se wüllt Zigaretten halen, un denn: Weg sünd se! Kaamt nich wedder denn, de Kraisis drifft jem eenfach weg, egol wohen; un fangt denn 'n nieges Leven an annerwegens, kunn ween in Italien... Argentinien oder so...
Denn pass man op, antert Ida fründlich, wenn du di hüüt Zigaretten haalst, datt du di 'n Wörterbook instickst; anners kummst nich trecht in Argentinien un seilst furts in'n niege Kraisis rin!
Segg mol sülvst – wat schallst dor noch to seggen, wat?
Minschenkinners – dat is 'n Notsignal, wat ick dor nu an'n Blinken bün! Versteihst du dat denn gor nich?? Wenn ick dor mit to'n Püschiater güng – dor kunn de sien ganzen Sommerurlaub vun finanzeern!
Kannst mol sehn, wat ick di sporen hölp..., seggt mien Fruu dröög.
Gor nicks hölpst du mi! Alleen lettst du mi! Meern in de Kraisis! Ick weer so in de Braas, datt ick nich mol mehr klappern kunn –. Ida kiekt mi deepdenkern an. Is dat denn würklich so slimm? frogt se. Jo! Noch veel slimmer! anter ick. Hest dat Geföhl, du muß nu partout heel wat Nieges anfangen; hest Bammel, du kunnst wat utlaten in dien Leven, wo denn laterto egolweg jammerst: Harr ick doch! Harr ik doch!
Un wat –? luert mien Fruu. Is di al wat infullen –?
Nee – dat is dat jo man... de Twievel... nich weten, wat... düsse Unlust...
Tjä..., seggt Ida langsom, denn will ick di mol wat seggen – un dat sünd denn ok glieks twee Fleegen op eenen Slag: Sünndags

heff ick doch jümmers so veel to doon in de Wahnung, nich, un kumm denn gor nich dor to, mol...
Wat hett dat denn mit mi to doon? froog ick.
Warrst furts gewohr, fleit se wieder, süh — wi maakt dat denn in Tokunft so, datt du de Betten makst, Eten kookst un so wieder, un ick nehm di denn de förchterliche Midlaifraisis af un sett mi dor mit in de Stuuv!
Ick bün opstan un to mien Mudder gahn.

Jodel mol wedder!

Segg mol — kannst du jodeln?
Nich — ? So... tjä, ick ok nich — ick will dat hier mol klor seggen: Ick finn dat nich good, dat wi hier baben in Norddüütschland so gor keen Schangs hebbt, dor mittomischen! Kunn doch tominnst so 'n Art School geven — oder mienwegen ok 'n Kursus an de Volkshochschool mit dat Thema: »Kannst du mi dat verjodeln?« oder so —. Denn dat hebbt de Schwyzer sick nu doch to eenfach makt — eerst schickt se uns düsse ganzen Fondue- und Raclette-abartigkeiten op 'n Hals, un wenn du denn dien wildes Glücksgeföhl stilecht utdrücken wullt, denn kannst nich jodeln un treckst di blots wütig den Kääsglubber ut de Kiemen. Un ick meen, dat kann di jo hüüt allerwegens passeern, bi de besten Frünnen! Kummst ahnungslos hen, un ehr datt du 'n kaputten Blinddarm simuleern kannst, steiht ok al so 'n Düvelsding op 'n Disch un büst denn för söben Stunnen fastnogelt un sittst de südlännische Fidelität apathisch gegenöber —.
Ach, du kennst dat noch nich mol —? du leevst jo woll op 'n Maand! Na, ick kann di dat jo mol verkloren — also mußt di so vörstellen... Wenn fröher de ollen Ritters in jem ehre Burgen Besök kregen, op den se 'n Piek harrn, denn goten se de Bagaasch vun boben 'n poor Kübel mit heetes Fett öbern Liev, jo — un hüüt heet sowat eben Fondue, is keen groten Ünnerscheed bi.
To 'n eersten Mol heff ick so 'n Fleesch-Fondue bi mien 'n ollen Fründ Werner kennenlehrt. He un sien Fruu harrn to 'n Glück noch nich so veel Ahnung vun düsse Killertechnik, un so füng dat Fett al an to brennen, as wi noch buten stunnen. Wi weern sowat jo ok nich vermoden wesen un dachen, he harr 'n Schinkenrükeree opmakt, denn Werner hett in sien Leven allens al mol versöcht, man denn wies sick dat blots as eenfach Schwyzer Qualmfondue. Se hebbt dat Fett afköhlen laten, un denn seten wi all üm Disch rüm un hebbt lütte Stücken Fleesch in den Fettpott holln.
Dat duert.

Un duert. Sünnerlich, wenn dat Fett nich heet noog is. Denn Werner harr nu 'n Bammel kregen — 'n Krematorium opmaken, dat wull he nich ok noch versöken. Wenn een Stück Fleesch veer Minuten duert, brukst för teihn Stücke meist 'n Stünn. Nah den veerten Happen trock sick mien Magen, de fröhlich op Fleeschspachteln instellt weer, in jümmers köttere Afstänn krampfartig tosamen. Wenn mien Mudder mi nich fröher mol vertellt harr, dat ick 'n Jung bün, denn harr ick nu wiss glövt, ick wär in de Wehen. Dor heff ick denn furts twee Pund lütte Gurken un Sülverzippeln sluckt. Noch twee Daag later harr ick bi jeden Hosten 'n Sülverzippel in 'n Muul.
Statts Fett un Fleesch kannst ok Kääs un Brootstücken nehmen. Dor brukst aber lange Arm för. Wenn de Kääs in 'n Pott week is un alle Mann ehre Brootklüten ruttrecken wullt, denn fuhrwarkt se mit de Kääsbänner rüm as 'n besopen Strickclub.
Veel beter un vörnehmer is jo Raclette. Dor steiht in de Mitt so 'n grote Pann mit 'n Deckel op, un de Lüüd schuuvt dor lütte Pannen rin, op de Käässchieven liggt. Dat is womöglich noch gefohrvuller as Fleeschfondue, denn dat duert jüst so lang; un de Trick is, datt to Kääs an besten Kirsch passt — Kirschgeist. Nah dat drütte Glas heet de Kirsch denn Knirsch, un wenn du acht Schieven Kääs ittst — wat jo nich veel is, aber lang duert — denn kaamt di de Wöör bannig dörchnanner un du knirscht to 'n Sluss al sülven.
Süh, un nu kumm ick wedder op dat, wat ick toeerst seggen wull: Dor wär dat doch good, wenn du denn mol fix een jodeln kunnst, nich? Dat buut denn all de Agreschoonen af, de de veelen Knirsch ut de Buddel hochschunkelt hebbt, un de Gäst kloppt sick amenn nich de Pannen üm de Backen, wenn se nich mehr talken köönt.
Denn so — weest nett tonanner, jodelt mol wedder!

Smolt-Kultur

'n Tiet lang, wenn du dor enerwegens op 'n Party güngst oder eenfach to Besök, un dat schull dor ok blots so 'n beten Tatsch vun Hailaif hebben, denn kunnst seker sien, datt dat 'n koltes Büffet geev, tominnst mit Lachs, Kaviar un wat gediegene Salote, afsluut dreeuntwintig Sorten Broot vun echte Speziolbäckers, un dat allens so egenwillig dekoreert as dat Schaufinster vun 'n progressiven Putzbüdel.
De Boort is nu af.
Mol seggen, op 'n Billerutstellung mit stark privoten Äppiehl, 'neem nich jeden Hans un Franz henkamen dröff un kriegt denn blots Ulf, Rainer un Yvonne, poor Perfessern, Dokters un womöglich würklich gebüldete Individuen dat büttenpoppeerige Angtree — denn süht dat so ut: Nah de hüüttodaags al obligote innige Backenaflutscheree sünd de VIPs also sowat vun Minschen as du un ick — dor büst baff!
De Mackers riet sick de Hemdenkrogen op un wiest de wilden Bosthoor un ehr posseerliche Soldmarke ut Platin, de slabberlokkingen Ladies klötert wohnsinnig riehläckst mit jem ehre Glitterklunkers to de urige New Orleans Group un denn — denn mampft se Swattbroot mit Smolt!
Smolt mit Zippeln, Smolt mit Appels, Smolt mit Grieben, Swienssmolt, Göössmolt — allens ut grote Pütt, un dorto gifft dat eenfach Beer.
Nicks wieder, dat 's allens.
Allens — ??
Na, ick weet nich...
Mi dücht, so 'n Smolt-Kontrast bruukt een doch mehrstens, wenn 'n de Hauptsaak nich so richtig düütlich maken kann — ? Man wat nu de Hauptsaak an düsse Lüüd is, dor kumm un kumm ick eenfach nich achter... ick gah mi beter eerst mol 'n Smoltbroot smeern; mag sien, mi fallt dat denn in...

Originol-Hamborger

Gifft veele Lüüd, för de is Hamborger to sien 'n Vulltaihmdschob. Se steekt bit över de Ohren in Hamborger Kultur, un all fiev Sekunnen stiggt 'n dicke folkloristische Blubberbloos hooch un sprütt boben utenanner. Dor gifft dat 'n luuden Knall bi un dat hört sick denn an as »Ahoi« oder »Hummel-Hummel«.
Wenn de Vulltaihm-Hamborgers nich in de hansische Kultur baggert, snackt se Platt, dat is noch veel eernster.
Plattsnacken is nich eenfach. Richtig Platt snacken al mol gor nich, un dat kann ok blots 'n richtigen Hamborger. Man dat alleen langt noch nich. He mutt Platt al jümmers snackt hebben. Sien Mudder mutt Platt snackt hebben, sien Vadder ok. Un sien Grootvadder un sien Grootmudder. Ok de Urgrootvadder un den sien Fruu. Öberhaupt all de Lüüd un Katten un Hunnen in sien Familie bit op den hüdigen Dag.
Wenn dat nich so is, ward dat swor för em. Klor, lehren kannst du Platt ok, man dor muß du viegeliensch to Wark gahn, anners kriggst du 'n barg Arger. Eerstmol söchst du di een vun de Vulltaihm-Hamborgers un seggst, du kannst keen Platt. Dat seggst du an besten al op Platt, so schöön lütt beten verkehrt, un hett denn de sülvige Wirkung, as wenn 'n lütten Hund sick op'n Rüggen smitt un den groten Hund sien'n Bukebuuk to'n Rinbieten henhollt. Denn kloppt he di op de Schuller un seggt, dat is gor nich so swor. Dat dröffst du aber nich glöven, denn he glöövt dat ok nich. Nu frogst du em, wat du nich mol 'n beten lustern kannst, wenn he so wunnerbor Platt snackt. Furts haut he di wedder op de Schuller, un du hest nu 'n Fründ för't Leven.
Oder tominnst för twee Daag. Denn wenn du nah twee Daag dien Schuller wedder rögen kannst un geihst wedder ünner Lüüd, denn kannst Pech hebben un dröppst 'n annern Vulltaihm-Hamborger un vertellst em, wat dien eersten Macker för'n wunnerbores Platt snackt.

Hehe, nu wahrschuu di, nu kannst aber wat beleven!
He grient so minnachtig, datt du meenst, he pedd sick glieks op de Lippen un seggt: »De???«
Aber noch veel luder un länger!
Un he seggt, he mutt dat weten, denn he hett dat al studeert, as Platt noch gor nich in de Mood weer, vun sien Kinnertiet op an — he hett sien Mudder sotoseggen al plattdüütsch üm de Titten rülpst. Ehr datt du di besinnen kannst, schenkt he di gau 'n Book vun sick, op Platt, un — batz! — büst du een vun siene Jüngers.
Nu geiht dat bargop mit di. »Mann in de Tünn!« un »Dor kannst op speen!« flutscht di al fix över de Tung. All twee, dree Daag mußt du dien'n Fründ för't Leven wat frogen; denn lacht he bannig un fidel un verklort di allens so, datt du nicks versteihst. Man dat dröffst du em nich marken laten, anners schenkt he di noch'n Book, un för dat Plattdüütschlehren brukst du jo 'n kloren Verstand, nicht?
So nah twintig Johren, wenn du denn noch nich in de Klapsmöhl büst, makst du dat sogenannte »Platt-Exomen mit Ekenblatt un Tüdelband«.
De Bedingungen sünd:

1. Teihn Minuten lang sünner Bebern, Tattern un Utbückeln in 'ne Mitgliederversammlung vun'n plattdüütschen Vereen sitten;
2. De Angtree-Billjets vun hunndert plattdüütsche Theoterobende vörwiesen;
3. Luud un düütlich op Platt vertellen, worüm Hamborg jümmers noch an de Elv liggt.

För de tokamen föfftig Johr brukst du denn nicks mehr to lehren, nicks mehr to glöven un kannst ennelk överall mitsnacken.
Un wenn du doot büst, schrievt se op dien'n Graffsteen »Holl Di stief!«.
Un wenn du denn würklich stief büst, denn büst ok du to'n Sluss 'n richtigen Vulltaihm-Hamborger.
Op ewig.

Controlletti sleit to

Vunwegen, de gifft dat blots in't Märken, düsse geheemnisvullen Wöör, as to'n Bispill »Simeliberg«, wo denn in güllen Klunkers un Brilljanten boden kannst – nee, bi dat een oder anner Woort ward de Lüüd ok hüüt noch waak, verfehrt sick oder kriegt vör Glück swemmerige Ogen. De een bi eenfache Tallen, wenn sick de Lostrummel bi't Lotto dreiht, de annere bi den smucken Namen Peter Alexander –.

För veele Lüüd aber langt al de simpeln Wöör »Die Fahrtausweise, bitte!« Mußt mol mit de Ünnergrundbohn fohren, denn warrst dat wies. Twee höfliche Minschen in knitterigen Dressman-Versnitt stiegt in, singt fidel ehrn Fohrkorten-Stremel un denn: Welk Lüüd ward witt üm de Nees, de elegante Macker in de Eck hett miteens hektische Tatterhannen, un de vörnehme Lady an'n Ingang ward op'n Stutz teihn Johr öller. De verbalen Reakschonen sünd ünnerscheedlich. Vun Dusenduneenenacht bit to linke Politinjurien oder Bettelopernsolo ward allens versöcht. Hölpt jem aber nicks. Betohlen mööt se all oder ward tominnst opschreven.

Ick kann mi vörstellen, för de Profis ünner de Swattfohrers is dat 'n feinen Nervenkettel, man mennigeen drifft meist de Slag, so as de leeve Oma, de mit ehrn lütten Butt bi mi an't Finster seet. Bi dat Billjett-Halali verfehr se sick böös un kreeg 'n stieren Blick. »Ohgottogott« japs se, »da habbich doch den Tschung ganz vergessen...« Un nochmol »Ohgottogottogott!« Man denn wies se den Controlletti ehr Koort un de – de harr den Jung gor nich op de Reken un dreih wedder af. Oma sack in sick tosamen, un mi düch, se füng an to beden.

De Buttje harr keen Tiet to'n Beden. He glucks: »Mensch, Oma – sechzig Mark gespart, Klasse! Jetzt gehn wir aber Eis essen! Hett he jo ok wedder recht mit, nich?

Künstlerschicksol…

Hest di al mol »selbstverwirklicht«?
Ick meen, büst di mol so richtig deep op 'n Grund gahn un hest rutfunnen, wat dor allens in di stickt? 'n groten Muskanten womöglich oder 'n genialen Moler? 'n talenteerten Kombüsengenerol, de de apartigsten Kompositschoonen to'n Slickern tohopröhrt?
Jo?
Kannst vun Glück seggen, datt du in de rechte Tiet op de Welt kamen büst.
Fröher, jo fröher weer dat aarig swor, 'n grooten Künstler to warrn – de Muskanten, to 'n Bispill. Wenn de ehre Öllern dat wies wurrn, datt de lütte Stummel 'n groot Talent weer, denn so kregen se dat arme Gör fix bi de Büx, un dat weer ut mit Speelen un Rümdösen – egolweg klimpern op 'n Klavier oder op de Vigelien rümsagen, stünnenlang! Denn wenn dor nich al vun lütt op an op losgüngst, denn harr dat keen Sinn, un weer denn nicks mit den niegen Mozart oder Paganini.
Hüüt is dat anners. Hüüt gifft dat Heimorgeln.
Dat is eendoon, wat du nu dree oder negentig Johr old büst – poor Stünnen öven… wat segg ick – Öven kümmt gor nich in de Tüüt! Blots ransetten an de Elektronik-Kist un eenfach op los speelen! Keen Notenlesen, muskaalsch brukst ok nich to sien, un de Hannen, de kannst meist in de Büxentasch steken laten. Geiht allens automatisch. Betohlst poordusend Mark un fardig is de Lack –.
Klor, geiht nich furts los mit »Kleine Nachtmusik« oder so, man »Leise rieselt der Schnee« is jo ok wat Schönes, sünnerlich in 'n August. Un dat kannst sotoseggen op Kommando klimpern, brukst blots 'n poor Bookstaven, Tallen oder bunte Farvplacken op de Tasten to backen, dat »Künstlererweckungsbook« vun de Orgelfirma optoslaan, un – ruckzuck – ward de Kuckuck in 'n Wald genotzüchtigt.

Un luud sünd de Dinger, Minschenkinners! Mit so 'n lütte Kinnerorgel för poorhunnert Mark kannst 'n ganze Straat evakuieren –.

Dor bün ick doch mehr för de Molers. So 'n lütten Do-it-yourself-Rembrandt köst nich de Welt un makt nich so veel Larm.

Dat is jo würklich wunnerbor, wat dor mit di passeert, wenn du di so 'n vördruckte Geniehölp köffst – eben weerst noch Jan Daddel, de nich mol 'n Peerd vun achtern molen kunn, un nu – echt stark is di dat – nu hest op mol 'n Kunstwark makt. Eenfach so, blots beten Karminrot op Nummer dreeuntwintig un twee Pinselstreken Lichtgröön op Nummer söbenteihn un batz! hest de Tallen vullsmeert mit Farv, un 'n richtig bunten, wenn ok beten eegenortigen Peerkopp pliert di wild an ut twee linke Ogen – dor mußt di woll beten verdoon hebben mit de Nummern...

'n groot Beleevnis ward dat jo, wenn Mudder tohuus mol miteens 'n Rappel kriggt un in de högeren Gefilden vun de Kochkunst wanneln will. Kann wesen, se hett mol chinesisch eten, un denn glieks so 'n chinesischen Kochkurs mitmakt. Denn kummt för Vadder un Kinner 'n gefohrvulle Tiet. Chow-Mien un Chop-Tsieu, dor kannst jo noch klok ut warden, un ok broden Ries oder Nudeln mit Swiens- un Höhnerfleesch geiht klor – man denn heet dat: Ran an 'n Disch, Ogen to, Muul op, eten un gau wedder weg, 'n Stünn slaapen un allens vergeten: Süzibangwüh oder wo dat heet, kaputtsnippelte Aant op Pekingart mit 'n Sooß, de utsüht as dien Nees vun binnen, un dorto gifft dat Strünken, de wiss un wohrhaftig nich op düsse Eer wussen sünd!

Un dröffst op keenen Fall wat gegen seggen, denn is Mudder sabbel un kokt twee Weeken lang Kantüffelsupp –.

Nee, mit de Künstlers is dat bannig swor!

Wenn du bi 't Orgelspeelen mol ut Versehen 'n lütten Stromutfall inszeneerst, 'n Poeng to lang grienst över den Peerkopp mit 'n Silberblick un nah de Pekingaant to lang op de Toilett bliffst, denn heet dat glieks, du büst 'n Banause und hest keen högern Sinn för Interesse oder so –.

Wat 'n sensibeln Künstler brukt, is Mitgeföhl, Löven vun Harten un ekstotischen Applaus.

Mien Adress steiht in 't Telefonbook...

Äkschn

Wenn mi dat mol to langwielig is bi uns tohuus, denn bruk ick blots wat vun Eeten to seggen, seggt wi mol Sünndag vörmeddags: Ida steiht in de Kööк un hanteert mit Pütt un Pann, de Jungs driedelt in de Wohnung rüm, denn frog ick so rein blangenbi, wat wi nich mol wat anners eten köönt — mol wat beten Apartiges —? Denn kriggt Ida furts dünne Lippen un klappert wat luuder mit de Tellers. Dat is denn jüst de richtige Anfang, dor kannst veel ut maken — dat mußt blots fein sutje un peu-a-peu in de Gang setten —. An 'n besten is, wenn ick se denn eerst mol 'n beten löven do: De Roodkohl, ah... wat de rüükt! Den hest doch woll sülven mokt, wat —? So kann de fardig snippelte ut de Doos jo op keenen Fall rüken...
Man nu oppassen, datt de Stimmung nich to freedfardig ward! Nu ist dat Tiet för 'n poor Happen Psycho-Terror, un ick froog mien leeve Fruu:
Hebbt wi lang nich hatt, Roodkohl, nich —? Is doch meist al twee Weeken her, wat?
Denn zuckt se blots mit de Schullern. Mien Öllsten, de sick grod 'n Flasch Bruus ut'n Köhlschrank halen wull, sett sick dor mit in de Kööк — för sowat is he ok to hebben —.
Is de Roodkohl denn so billig nu —? frog ick wieder.
Ida kiekt mi gau an, so vun de Siet, un dat is 'n wichtigen strategischen Punkt, dor mußt di fix in 'n Griff hebben — blots nich grienen nu! Ick plier denn bannig höflich un sinnig, un mien Öllsten süht ok deepernst ut.
Güstern morgen heff ick in 'n Radio hört, snack ick nu wieder, datt de Blomenkohl so billig is un...
So? antert mien Fruu, un ick weet, nu hett se anbeten.
Jo, segg ik, un ok de Teltower Rübchen...
Ha, gnurrt se, much weeten, wat ji seggt to Rouladen mit Blomenkohl oder Teltower Rübchen!
Klor, stimm ick ehr to, to Rouladen passt Roodkohl beter as...

Na also, snitt Ida mi dat Woort af.
Nu kummt de eerste Attacke. Hest recht, hest recht, meen ick nu, man liekers — süh mol, dat gifft doch tominnst, seggt wi mol — so an de föfftig Sorten Gröönwaren un wenn ick mi denn...
Phh — föfftig! pust Ida.
— ... un wenn ick mi denn vörstell, datt wi dor blots...
— Tss, snack doch nich so 'n dumm Tüüg — föfftig... wenn ick dat al hör!
— ... wenn ick mi denn so vörstell, datt wi dor blots fiev oder söss Arten vun op'n Disch kriegt, denn...
— Also... nu will ick di mol wat seggen: Du mit dien föfftig Arten — dat glöövst jo sülvst nich! So 'n Quatschkrom! Nu hett Ida al dat rechte Glimmen in de Oogen, weeßt woll — düssen heroischen Funkelblick, de al ganze Revolutschoonen in Gang sett hett... Föfftig! kannst mi jo mol vörreken! Se hollt nu op to klappern, stütt de Hannen op 'n Disch un stiert in de Luft.
Mien Öllsten hett ünnerdess sien'n Broder halt.
Goot segg ick, dat is licht to: Also — Roodkohl, Blomenkohl, Rosenkohl... Brechbohnen, Arften, Woddeln...
Nu mok ick 'n lütte Paus, vunwegen de Dramatik, un mien Fruu glövt, ick bün al an'n Enn —.
Un richtig un woll — se springt op an!
Ha — ha — ha, deklameert se, as wenn wi dat nich jümmers op 'n Disch hebbt. Un dorto noch Suurkruut, Gröönkohl un... un — föfftig! — Datt ick nich lach, ha — ha!
Bün jo noch nich fardig, segg ick nu liesen, geiht jo nu eerst los: Also — Champignons, Pfifferlinge, Steinpilz, Chicoree, Chinakohl, Kohlrabi, Spargel, Spitzkohl, Wachsbohnen, Weißkohl, Wirsingkohl, Auberginen, Paprika, Snittbohnen, Sellerie, Artischocken, Swattwoddeln, Endiviensalat, Gröönen Salat, Feldsalat, Fenchel...
Jojoja! gnaddert Ida dortwüschen, Fenchel — wenn ick sowat... dat is doch allens Tüünkroom! Dat itt hier doch keen Minsch!
Oh, oh, oh! seggt mien Jüngsten ernsthaftig, wo ick all de Johren so 'n Smachter op delikote Fenchelknollen harr...
Büst du verrückt? fohrt em sien Broder öber 't Muul, de kriggt dat fardig un kokt düssen appaldwatschen Kroom! Süh, un denn segg

ick blots noch: Mangold, Broccoli un Porree! — denn is de Stimmung echt hai, denn heff ick den Laden fein hochschunkelt —. Ida schimpt nu in 'n apartige hoge Stimmlaag — so 'n Art Koloratursopran — un künnigt Fenchel, Sellerie un Chicoree dreemol in de Week an, de Jungs sünd fein in de Brass un brüllt dor twüschen un ick — ick gah denn still rut, in de Stuuv, denn in de Köök rükt dat wieldess nah anbrennte Kantüffeln —. Ick sett mi de Stereokopphörers op un hör beten Musik... so 'n Krach an 'n Sünndag — ick mutt mi doch ok mol 'n beten verhalen, nich — ?

Passport, bitte!

Hehe, dor kannst 'n ganze Party mit ünnerholln, wenn du miteens dien ollen Passport ruthalst un de Lüüd mol wiest, wo du vör mehr as teihn Johren utsehn hest! Dor föhlt sick de annern denn fix anreegt un langt ok furts in de Breeftasch un präsenteert jem ehre Passfotos. Gifft echt Stimmung, un jedeneen freit sick, datt he hüüt nich mehr so beschüürt kiekt as domols — jo, un datt de annere womöglich noch wat dösiger in de Gegend pliert as vör 'n poor Johren.

Dat mag sick woll nu fidel anhören, de Saak sülvst aber is dat nich. So lang as ick mi besinnen kann, har ick jümmers Maleschen mit miene Passfotos. Ick bün eben 'n verantwortungsbewußten Minschen un kann dat nich af, wenn de Mackers bi'n Toll sick egolweg verfehrt, wenn se mien'n Pass opslaat. 'n Fründ vun mi weer dor anners, he möök sick dor sogor noch 'n Spoß ut. As he 'n Utwies bruuk, güng he in so 'n Fotokabuff an 'n Bohnhoff, de kennst du jo seker — steiht 'n Stohl binnen to 'n Rop- und Rünnernudeln för grote un lütte Lüüd; dor settst di rop un stierst op so 'n roden Punkt vör di, üm datt ok de richtige Deel vun dien Gesicht aflicht wart; dorbi aber kiekst du jo in den Spegel vör di, un so kümmt dat, datt du op de Kabuff-Fotos egolweg benaut ut de Wäsch kiekst —. Na, aber dat wull ick jo nich seggen — mien Fründ nu, de trock bi 't Blitzen sien Visaasch meist so afartig scheef un güng mit sien Kunterfei to 'n Bezirksamt. De Beamte schuul em argdenkern an, as he sien Frankenstein-Versnitt seeg un fröög em tähmlich baff: Ham Sie 'n Unfall gehabt? Ich mein — is dat Natur... oder womöglich 'n Operatschoonsmerkmal —?

Mien Fründ schüttköpp: Neenee, dat 's jümmers so, wenn dat blitzen deit, dor kann ick nicks för...

Den Macker achtern Tresen keem dat gediegen vör und he wies dat Foto sie 'n Kollegen. Ok de gluubsch mien Fründ an un meen, so 'n Jux wull he sick verbeden, man wiel datt dat Monster

afsluut nich obstinaatsch weer un eernsthaftig un bescheeden vör em stunn, hett he to 'n Sluss nickköppt, un mien Fründ kreeg sien Passport mit dat Grugelbild dor binnen.
In de tokamen Johren harr he veel Pläseer mit Toll, Polizei un annere Behörden. Elkeenmol wenn he sien Pass vörleeg, hebbt se in Fahndungslisten schuult, em mit toknepen Oogen anstiert un sünd vörsichtig mit ehre Snupperhunnen üm em rümlopen, vunwegen Haschisch oder so.
An sowat kann ick mi jo nich so delekteern un heff mi dat arig wat kösten laten, üm ut mien Flunsch keen Grugelspot maken to laten. Also keen Automatenbild, dör müss 'n Profi ran. De Profi weer 'n öllerhaftige Daam; se sett mi op 'n Stohl un wies mi de Richtung, in de ick kieken schull. Ehr datt se op 'n Knopp drück, keem se noch mol to mi un dreih mi den Kopp noch wieder nah rechts un boben. Se harr 'n Greep as 'n Chiropraktiker, un mien Halswirbel knack, as harr se 'n Woddel dörchbroken. Gottogott, see se, wahn Sie das? Ick wull nickköppen, man dat güng nich mehr. Bild hett se keen mehr makt, se hett mi stattsdess to 'n Orthopäden fohrt, denn mit mien Kopp nah rechtsboben harr ick seker blots noch egolweg nah de rechte Siet üm de Eck fohren kunnt, un dor wüss ick keen Orthopäden –.
Nu kiek ick wedder liekut un 'n niegen Pass heff ick ok. Ut 'n Köpphuusautomaten, in Farv sogor. Seh ok fein passobel ut, blots Ida hett sick wunnert öber mien verklärtes Grienen…
Hehe, se kann jo ok nich weten, datt ick – wiss un wohrhaftig per Tofall – dörch den Spegel in de Damenkonfekschoon seeg, un de smucke Deern dor probeer een Bluus nah de annere an…

Urlaub

Urlaub, mach mal Urlaub, komm, wir packen unsere Siebensachen und wir machen Urlaub... hehe, vunwegen söben Saken – ick lach mi kaputt! De kennt Ida nich! Is jo schöön, wenn de Urlaubstied wedder kamen is, man de Trabbl, de dor denn mit vermakt is – laat mi blots an Land! Mien Fruu ehr Süster, de Anna, de is jo vör 'n poor Weken nah Paris fohrt, blots een Week, man ehr Kuffer – ick dach, de weer op 'n Bodden fastnogelt! Ick glööv, dat liggt bi mien Fruu in de Familie, de hebbt all Bammel, datt se naakt öber de Changseliseh hoppeln mööt.

Also wenn wi op Urlaub fohrt, denn gifft dat jümmers wedder den sülvigen Arger: Dusendmol kann ick Ida seggen, se schall blots dat Nödigste inpacken – dor schert se sick gor nich üm. Wenn se op de Reis den Kuffer opslütt, hest dat Geföhl, se will dor 'n Boutique inrichten. Blots dat, wat wi nödig brukt, dat vergitt se. Mol seggen: Ünnerwegens, wenn wi 'n Buddel Saft opmaken wüllt – glöövst du, se hett wat to 'n Opmaken inpackt? Vunwegen! Un ick mutt mi denn een afbreken mit Knieptang un Schruvenslötel. Un kannst seker sien: Mess hett se ok keen dorbi. Abers Klamotten! Wat se dat ganze Johr nich antreckt – in 'n Urlaub mutt dat partout mit.

Un denn jo bi 't Inpacken: Wedder un wedder bün ick an 't Lamenteern, datt se doch bitteschöön allens rutstellen much, wat ick in 't Auto packen schall! Du muttst nämlich weten: Inpacken is 'n Kunst, un dor bün ick echt Spitze in! Dat is nich eenfach rinsmieten un Klappe to – so sühst du ut! Dor mutt een penibel utklamüstern, 'neem wat för 'n Kuffer oder Tasch hen schall, anners passt jo nich noog rin, in 'n Kufferruum. Süh, un dütthalven mutt ick weten, wat allens inpackt warrn mutt. Un denn fangt dat Drama an: Veer Lüüd – dat sünd veer Kuffer – goot. Un twee grote Taschen – mientwegen. Un twee Büdel – ok dat noch. Un Gummistebel. Un Fresennerze. Un 'n Büdel mit Wat-weet-ick, un dat will ick ok gor nich mehr weten; Hauptsaak, ick kann dat mit inplanen, an mi schall dat nich liggen. To 'n Sluss frog ick denn noch luud un düütlich: Fehlt noch wat? Mit Betonung, un ankieken doo ick Ida un ehr twee Süsters dor ok bi. Un all dree schüttköppt se un seggt fast un driest: Nee, dat 's wiss un wohrhaftig allens! Na, goot — nu legg ick jo loos: Mit 'n Tollstock ward utmeten, Kuffer hen- und herschaven, un nah 'n Stünn heff ick dat Puzzle-Speel fardig un trecht. Sogor de Kufferruumdeckel geiht noch to — grootartig!

Vull deepe Bewunnerung stah ick vör den Wagen, kiek tofreen in den blauen Urlaubsheven, glieks kann de Spoß anfangen — dor kaamt fidel un häppieh mien Fruu un ehre Süsters. Ida sleppt 'n allmächtige Kühlbox. Anna 'n Nett mit tominnst dörtig Poor Schöh un Regina dree Wulldeken un 'n Schminkkuffer.

Mien Gesicht is denn jo as 'n open Book, un wiel datt se so 'ne Krimis woll nich möögt, tippelt se all dree fix wedder in 't Huus, noch 'n Tass Koffee slabbern. In so 'n Ogenblick heff ick wat vun Tarzan an mi, man wiel datt ick jo al tähmlich domestizeert bün, pett ick blots wütig eenmol tegen den Schminkkuffer, biet kott un scharp in de Wulldeek und pack allens wedder ut. Navers kaamt vörbi un fraagt, wat wi uttrecken wüllt, 'n Wauwi pinkelt fründlich an een vun de Kuffers, un de Deckel geiht nah annerthalf Stünnen blots noch to, wenn ick mi dor ropsett. Nu kaamt de Lähdies wedder trüch, un düttmol hebbt se ok ehre Wulljacken un Paletots öbern Arm, de se dringend to Hand hebben mööt, ünnerwegens.

So kümmt dat, datt op uns Urlaubsreisen de eersten poor Stünnen jümmers Gedenkminuten sünd. Stimmung gifft dat eerst an de Grenze, wenn ick mark, datt ick mien Breeftasch mit all de Utwiesen un Poppeern tohuus op 'n Schrievdisch liggen laten heff. Man denn grient Ida liesen, haalt ehr Handtasch rut un seggt bescheiden: Tja, tja — wenn ihr mich nicht hättet…

Un tominnst in düssen kotten Ogenblick glööv ik, wat se seggt.

De Pingst-Ossen

To Pingsten, ach wie scheun, wenn de Natur so greun... — tjä, dat olle Couplet fallt mi jümmers in, wenn de Planungen för pingstliche Familienaktivitäten wedder mol besünners bedrohlich ward. Un dat Chaos vun den Vadder, de mit de witte Maibüx vörangeiht, un sien Familie, de bi all de penibeln Vörbereitungen to 'n Sluss denn doch in de dullsten Kalamitäten rinsliddert, is wiss nich överdreven, tominnst nich, wat mi angeiht! Blots de een Ünnerscheed weer dor noch bi, miene afsünnerlichen Pingstbelevnisse heff ick hatt, as ick noch nich verheirot weer, as fidelen Jungkirl. Laterto, mit Ida, harr ick sotoseggen permanente Pingsten — na, laat wi dat lever... also Schuld an miene sünnerboren Pingstfiern harr mehrstiets mien Fründ Dieter, 'n fixen Dutt mit 'n unheemlich Phantasie, de he nie nich ünner Kontroll kriegen kunn —.
Jüst so as in dat Couplet füng jümmers allens heel eenfach un tutig an. Mol seggen, den een Pingsten: Wi harrn uns vörnahmen, 'n fein sinnige Landpartie to maken, mit Bodderbroot un Buddel Bruus, blots so in de Natur, 'n bescheeden Vergnögen. Dat weer jo ok allens fein aflopen, wenn wi uns as all de annern Lüüd domols in de Bohn setten harrn un obends wedder trüch. Man so 'ne simpeln Saken weern em to langwielig, un he meen, wi schullen lever mit 'n Auto fohren. Wenn ick nu »Auto« segg, denn heet dat nich, datt dat 'n Auto weer, 'neem wi uns denn rinsetten deen! To de Tiet domols, Anfang de Föfftigerjohren geev dat eenmolig posseerliche Motorkutschen, de mit Autos blots de Rööd un de Stinkeree gemeen harrn. Sien Mini-Brummi weer 'n »Klein-Schnittger«, woll sowat an de twee Meter lang un hunnerttwintig Zentimeter hoch. Nah 'n beten Ööven kunnen dor twee Lüüd in sitten, un dat Fohrgeföhl weer eenmolig. Ick weer fröher al 'n ängstlichen Minschen un harr groten Bammel, in düssen knatterigen Faltkarton miteens mit 'n Achtersen de Straat to gniedeln —. Man Dieter weer al to düsse Tiet 'n echten Motor-Fan. Mit 'n poor lichte Snacks feeg he mien Bangen an de Siet, un los güng dat Vergnögen.

Bit to de Tankstell, 'neem he för uns Hunnert-Kilometer-Trip dörch Schleswig-Holstein twee Liter Benzin tanken dee, weer noch allens klor. He müss twars teihn Minuten lang an so 'n Tüdelband rieten, üm den Motor wedder in Gang to setten, man denn huul uns de Wind wunnerbor üm de Nees — dat Speeltüüch weer nämlich 'n Kabrio. Mit veertig — wat segg ick: föfftig Saken — sünd wi ut Hamborg rutbruust, un denn füng dat an to regen. Toeerst hebbt wi versöcht, dat Verdeck bi 't Fohren tototrecken, man dat Gerangel weer nich good för de Stratenlaag; dat motoriseerte Skateboard pees as 'n besopen Hummel vun de een op de anner Siet. Denn hebbt wi anholln. De een Half vun dat Verdeck kunnen wi fix nah vörn rieten, de anner bleev achtern sitten as fastwussen. In de Mitt weer nu nix, blots wi. Un Regen. Düttmol klapp dat nich so gau mit dat Tüdelband. Weer so 'n Art Kraft-Jojo-Speel för Schwerathleten. Denn reet dat Band, un mien Frün müß dat ohn Henkieken wedder tosamenknütten. Nah 'n halv Stünn harr he dat ennelk in de Reeg un jüst as wi vun ünnen grod so natt weern as vun baben, kreeg he dat Monstrum wedder in Gang. Ick heff mol in Kino so 'n Film över dat amerikaansche Rodeo sehn, wo so afsluut beschüürte Cowboys sick op wilde Bullen sett un denn schüddelt ward, datt jem de Blinddarm ut de Nees bummelt. So keem ick mi nu vör in düssen tollwütigen Slitten. He jump nah vörn, bleev stahn, föhr wat trüch, wedder mit 'n Juppdi vör, vun achtern suus de Rest vun dat Verdeck vör as 'n Lasso, vörn stunn miteens de Stoßstang senkrecht, un wi sünd denn gau afsprungen, Dieter harr noch dat Stüürrad mitnahmen. Uns Benzinbull harr woll ok keen Lust mehr, un wi hebbt em denn in dat neegste Dörp dragen. Mit de Bohn sünd wi wedder nah Huus fohrt, un as wi in Hamborg ankeemen, schien dor de Sünn, un de Lüüd hebbt uns de ganze Geschichte nich glöövt.
Ick weet hüüt noch nich, wo mien Fründ sien 'n veerbeenigen Bullen trüchkregen hett — mi dücht, mit de Post, so twee, dree Päckchen. Fohrt bün ick dor op jeden Fall nich mehr mit.
Man een Goodes harr de Saak jo: Wenn sick hüüt Ida an 't Stüür sett, also denn bün ick sowat vun riehläckst un freedfardig un denk denn jümmers an Dieter sien 'n wilden Bullen; dor kann se nu doch nich tegenan...

Slicht un eenfach

Dat Eten weer good west an 'n Sünndag, blots mien Jüngsten meen, dat weer em meist 'n beten langwielig — jümmers Braten un so wieder...
Dat mag ick lieden, sä mien Fru. Ick stah den ganzen Vörmeddag in de Köök, un denn seggst du, dat is langwielig!
Naja, versöch ick ehr to begööschen, he meen jo blots, datt Swiensbroten eben blots Swiensbroten is un düür dorto, wi kunnen doch ok mol wat anners, mienwegen sogor mol wat Eenfaches eten... wat ok fixer geiht, nich, un is denn noch wat billiger...
Wat heet dat, fröög mien Öllsten argdenkern, meenst du wat ut de Doos — ?
Neenee, wink ick af, eenfach wat Tosamenkooktes...
Kantüffelsupp? luuer Ida.
Na, so dull bruukt dat jo nich glieks to sien, lach ick. Nich egolweg so truudüütsch...
Dat harr ick nich seggen schullt. Wullt du dor mit seggen, datt ick truudüütsch koken do? fröög mien Fruu.
Oha, sä mien Öllsten, geiht wedder los nu — dat Sünndagnahmeddagsprogramm löppt an —.
In den kotten Krimi, de nu afleep, passeer toeerst, datt Ida mucksch weer vunwegen truudüütsch un düür koken; denn keem ick so in Raasch, datt an 'n Dingsdag nu ick koken wull — billig un op keenen Fall truudüütsch; to'n Sluss harrn miene Söhns wat längere Telefongespräche mit ehre Frünnen un müssen den Dingsdag dringend ut 'n Huus —. Sowat dröffst nich to licht nehmen. Een Mann, een Woort.
Ida geev mi dörtig Mark ut de Huusholtkass un wünsch mi veel Vergnögen — se harr nu al Smachter op mien lukullisches Wunnerwark. De Saak weer klor. Dat schull 'n Bouillabaisse warrn. Beten Fisch koken, dat is nich düür un geiht fix.
Bi 'n Fischhöker sä ick babenhen, ick wull 'n poor Fischsorten mit fastes Fleesch... (so stunn dat in'n Kochbook!)

Bitte? fröög de Fischmann. Mit wat —?
Fastes Fleesch, anter ick.
Fastes Fleesch hebbt uns Fisch all, sä he. Mit olle Fisch hannelt wi nich!
So... na, denn geevt Se mi mol bitte 'n halven Merlan un...
'n wat —??
Merlan — aber blots 'n halven. Un 'n halven Zander, man nich so groot, un denn noch...
Dat is jo interessant... sä de Macker. 'n Polypen bruukt se nich tofällig?
Nee, sä ick, man so acht utlööste Miesmuscheln — wenn se lütt sünd, ok teihn...
In den Fischladen wurr dat nu still. Söss Fruunslüüd keken mi an.
Ich glaub, der will 'ne Fischsuppe kochen... meen een vun jem.
Jo, frei ick mi, 'n Bouillabaisse!
Achso... meen de Fischhöker, na denn — Schellfisch köönt Se hebben un grönen Aal un Hering... ick pack mol wat tosamen...
Veer Pund weern dat un de dörtig Mark op 'n Rest.
Tohuus weer ick den ganzen Nahmeddag dor mit togang, de veelen Fisch to putzen un utnannertoplücken. Uns Katt hett düchtig mitholpen.
Denn keem ick dor op, datt wi vun de dörteihn Gewürze blots veer in't Huus harrn un heff de annern mitsamts Zippeln, Knoblauch, Fenchel, Tomaten un Petersill noch gau vun mien egen Geld köfft. 'n groten Isenpott ok, denn sowat harrn wi noch nich. Kannst di öberhaupt gor nich vörstellen, woveele Pött du bruukst för düsse Bouillabaisse! Un wo kumplizeert so 'n eenfach Supp to koken is! Fiev Stünnen hett dat duurt.
Denn keem Ida nah Huus, un dat köst noch mol 'n halv Stünn, ehr datt se wedder to sick funn. Se seet so maddelig an'n Disch, datt ick dach, ick müss ehr an'n Stohl fastbinnen —. Lebennig wurr se eerst wedder, as se vörsichtig den eersten Lepel vun mien Glubbersupp daalslöök. So rasant heff ick ehr noch nie lopen sehn.

Man wenn ick mi de Saak hüüt in Roh öberlegg, denn weer dat ok keen Wunner – denn weeßt du, wat Bouillabaisse heet? Dat kummt vun dat franzöösche Wort »bouiabaisse«, wat op düütsch heet: Kochen und sofort ausschütten!
Much würklich mol weten, wo du vun 't Utschütten satt warrn schallst! Düsse Franzosen – brukt de denn gor nicks in de Knaken?

De Hypochonder

Huuh — dat weer di aber 'n Angstpartie, Minschenskinners! Wo ick dor doch anners so vörsichtig mit bün! Man ick harr so'n gräsigen Smachter, un de Makrelenbrötchen an de Fischbood segen so lecker ut, un denn — richtig un woll: Dat drütte Brötchen keem mi gediegen vör... wenn dat man nich al 'n beten gammelig weer! Den ganzen Sünnobend un Sünndag un sogor noch güstern heff ick dor op luuert, datt mien Magen an to rumoorn fangt un womöglich Dünnschiss achteran un — batz! — hest de Salmonellen an'n Hals! Na, ick glööv, för düttmol bün ick dor noch vun afkamen, man kannst di jo gor nich noog vör wohrschuun... 'n Fründ vun mi, den sien Broder sien Arbeitskolleeg, de is mol bi sowat übern Jordan gahn, jojo...
De mehrsten Lüüd sünd eben eenfach to lichtfardig — kannst di nich vörstellen, wenn de in de Sünn gaht! Stünnenlang aalt sick de, dor köönt de Dokters noch so veel parleern, datt de Huut... also is dat reine Gift, de Sünn! Maak ick nich, du! Ok düsse hektischen Bewegungen nich, vun de Sportlers oder de Joggers — de dat jo meist noch duller drievt... eenmal stulpern, schoon büst hen...
Un denn heff ick jo 'n Brett in't Bett.
Denn mit de Wirbels is nich to spoßen, man jo nich! In dat eene Bettenhuus hebbt se dat mol demonstreert, datt dien Krüüz, wenn du op so wabbelige Matratzen liggst, denn bruukst di nich to wunnern, wenn du al mit achtig an'n Stock geihst!
Öberhaupt verstah ick nich, datt de Mannslüüd hüüt keen Hoot mehr dräägt. Wat meenst du woll, wo empfindsom dien Kopp is! Dor baben sitt doch 'n barg Nerven, nich? Un bi den Schock, wenn du ut de warme Stuuv nah buten geihst, dor is dien Skalp 'n echten Risikofaktor.
Hölpt de langen Hoor gor nicks. Sünd so un so nich goot, lange Hoor; is statistisch nahtowiesen, datt Lüüs, Flöh un anner Krabbeltüüch — sünd richtig spitz op so 'ne Lockenpracht... Hest du

'n Glattkopp, hest ok keen Kopplüüs... man dat maak de Minschen mol klor...
Ick will di seggen: Du mußt bannig op 'n Kien sien, wenn du nich to fröh den Lepel afgeven wullt! Snittst di bi't Footnagelsnieden ok blots 'n lüürlütt beten – Blootvergiftung... ut, Sense.
Koffeedrinken is ok nich goot. Kriggst Sodbrennen vun. Un treckt sick de Gefäße bi tosamen. Oder weer dat bi Tee –? Na, egol. Beter gor nicks drinken, al mol gor keen Water. Denn weeßt du, wat dor allens binnen swemmt? Heff ick mol leest, datt een Verrückten 'n kumplette Stadt killen kann, wenn he in so'n groten Tank vun't Waterwark wat rinkippt; un wat weet ick, wannehr de Verbreker dor innegang is...
Över miene Handschen, dor köönt de Lüüd över lachen, soveel se wüllt, is mi schietegol. Ick faat keen Penn mit barfte Hannen an. Wenn ick enerwegens wat betohlen mutt – jümmers Handschen an. Denn woveele hebbt dat Geld al mit jem ehre schietigen un backsigen Fingers anfaat! Un vörher sünd se womöglich... magst di meist gor nich utmolen!
Bi Storm gah ick op keenen Fall nah buten, ick nich. Bi uns vör de Döör is bi den lesten Storm 'n Ast afbroken vun'n Boom – nich groot, dat nich... man wo licht harr ick dor jüst vörbilopen kunnt... un de Ast – ick hör em al knacken, kiek nah baben, un de lütte Strünken mi in de Ogen! Nee, danke.
Allerwegens fleegt överhaupt Bazillen dörch de Luft, un bi Storm jo noch veel mehr! An besten is, nich so veel to snacken, blots dat Nootwennigste, denn bi mehr as een, twee Minuten snacken is de Infektschoonsgefohr so groot, datt du meist keen Schangs mehr hest. Kriggst... chh, chh... Hosten, dien Stimm blifft weg – sühst woll... chhh... chhh... heff ick mi dat nich dacht... oh nee...

Op'n Markt

De Sünnobend is sotoseggen 'n Höhepunkt in mien Leven. Dor frei ick mi de ganze Week al op un gah fröh to Bett Freedagobend, üm datt ick Sünnobenmorgen ok utslapen heff. Sünnobends gah ick nah'n Markt, nah Barmbeck an'n Goldbekkanal.
Nich datt ick dor nu rümjachter, üm datt ick dat an de een Steed 'n poor Penn billiger krigg as 'n poor Meter wieder lang — dor pass ick ok ohn Rümjachtern för op — nee, wo ick mien Pläseer an heff, dat sünd so bestimmte Lüüd, de mag ick to un to geern tokieken —.
Tovörderst sünd dat de, de nich jümmers dor sünd, de blots mol för een Sünnobend dor staht, de dat Eenmolige, de grote Gelegenheit verkööpt. De Macker mit den Glitterkrom, to'n Bispill. He hett blots 'n lütten Disch vör sick un 'n ollen Kuffer an de Siet, aber 'n Muulwark, oha, wat 'n Muulwark! He hett 'n füürigen Blick, is meist 'n Dämon, »Doktor Faustus«, de mit 'n Düvelsgrienen in sienen Kuffer langt un all den gülden Klunkerkrom ruttreckt, as weern dat tominnst de Kronjuwelln vun de Ingelsche Königin —.
De dämonische Rasputin in 'n grönen Bundeswehrparka wiest de Lüüd de gülden Blinkerkett mit dat Krüz dor an, treckt 'n tweeten Schatz ut sien Höllenkist, 'n drütten, bimmelt und klimpert dormit, un noch 'n Armklunker, 'n Rasierkling ut Sülver, 'n tweekarätigen Brillanten tominnst, un denn lett he sien Snack los op de Lüüd, de dor staht as fastwussen: Nich twintig, nich achteihn, nich föffteihn un nich dörteihn, nee, blots dösige teihn Mark allens tosamen, düsse eenmolig schöne Halskett, för de de Lüüd alleen teihn Mark betahlen müssen un denn noch... un noch...
Oder de Olsch mit de Woddeln. De Ginseng-Woddeln, meen ick. De weet allens. Brukst keen Doktor un keen »Was wollen Sie wissen?«. Mit ehre Woddeln geiht allens klor. Vadder ward obends wedder lustig, ok wenn he al söbentig is, Mudder hett

keen dicke Fööt mehr, dat is goot tegen Snööf, Malaria, Jucken op'n Kopp un ok tegen Motten.
Un för de Fruu, de dat verköfft. Denn de Strünken sünd aarig wat düür.
Jo, un de Macker mit den Schrievkrom!
Mit diesem Kugelschreiber, Damen und Herren, schreiben Sie in jeder Lage, im Stehen, Sitzen, Liegen, beim Fliegen, beim Tauchen, Pfeifeschmauchen, im Bett und darunter, müde und munter — und dazu dieser elegante Patronenfüller und dazu... und dazu... und alles, alles zum Spottpreis... un so wieder un so wieder, kann ick gor nich wedder wegfinnen!
Man dat Best is de Bood, wo dat de Currywust gifft! Man dat is nich blots de krosse Wust, de mi dat andoon hett, nee, dat sünd de Wusteters un de Wies, wo se ehre lütten, langen, dicken un spitteligen Wüst mampft! De eenen knabbert ehr Thüringer mit 'n open Muul, üm datt 'n beten kolde Luft rankummt an de heete Seligkeit, de annern riet lütte, gierige Knabberbeten af un seht dor denn bi ut, as deen se nah binnen lustern, wat ehr Mogen woll sä to dat scharp-heet-senfige Fleeschvergnögen, dat dörch de Gurgel kullert —.
Un Platt snacken kannst op'n Markt, dat is 'n wohre Pracht, is di dat! Kannst seggen: »Twee Pund Woddeln!« Un de Macker achtern Tresen packt di de Woddeln richtig in un seggt »Trüzipasskerihm« oder so, wat denn bestimmt Platt op Türkisch is, denn he is Grieche un hett spansche Spezialitäten to verköpen; dor snackt he eben Platt ob Türkisch, dat is jo klor...
Dat eenzig, wat mi nich passt op 'n Markt, sünd de veelen Lüüd un de Drängelee dor. Gondelt dor blots rüm, de Lüüd, un versparrt den Weg för de annern, de gor nich recht mitkriegen köönt, wat Vadder de Ginsing-Woddel nu eten schall oder sick womöglich dor mit afrubbeln mutt!
Minsch — wo kann een blots so neeschierig sien...?

Ick — dat Lustobjekt

Dammi noch mol — ick will nu ok ennelk mol 'n Lustobjekt sien! Is doch wohr, Minsch, ick bün nu öber sösstig un ümmer noch keen beten Lustobjekt, dor kannst doch een to veel bi kriegen! Un is jo nich so, datt ick dor nich achter ran weer bit nu, nee, süh: Heff ick mi nich de niegen Shorts köfft för'n Urlaub, wat? Aber Ida denn blots mit ehr Schandmuul, datt ick utsege as 'n oppumpten Pinoccio —.

Ick meen, dor hett se doch denn ok wat vun, mit 'n Lustobjekt as Gatten, nich? Man ick bün dor nu achterkamen: Dröffst nich eerst bi de Kledaaschen mit anfangen! Nee, wenn du 'n Objekt sien wullt, dat so richtig lustig — also, ick will mol seggen, wo de Lust blots so ut de Knopplööker lopen deit, denn keen halven Kraam!

Denn so — Mannslüüd üm de Veertig, Föfftig — oppassen nu! Wenn Ji dor ok so'n bannigen Gusto op hebbt, to'n Lustobjekt meen ick, denn geiht dat nu los mit de Opklärung! Segg sülvst — dat is doch würklich 'n Schandool is dat doch, datt blots de Fruunsüd Lustobjekte sien dröfft, wo se dat nich mol mehr wullt, un sünd al mit 'n Afkaat dor op los, datt nu Sluss is mit all de infamigte Lust: Kiek, un dor is nu uns Schangs, nu sünd wi an'n Drücker.

Un dat hebbt de in de Kosmetikbrangsch ok furts mitkreegen un stööt uns Mannslüüd nu düchtig in de Siet, üm datt wi in de Gang kaamt. Glieks as ick güstern dat Inserot lesen dee, weer mi klor, datt dat so bit nu nicks warrn kunn mit mi as Lustobjekt: Op dat Foto in dat Inserot kummt jüst so'n eleganten Macker mit sien Königinde ut 'n Döör rut, un buten steiht al de Reporter un knipst em! Un he hollt de Hand vör sien Gesicht un lacht, un du kannst furts marken: He is dor al wennt an, an de Pablissitieh: He is al so'n aariges Lustobjekt, datt he blots noch grient — is em meist al toveel, mit de Lust.

Un worüm dat?

Tjä, nu kummt dat: He hett tohuus de kumplette Herren-Serie op'n Waschbecken!
Tjähä – so süht dat ut. Nich so as bi mi, eenfach Seep un Tähnböst – pah! Klor, Seep hett he ok, man dat is 'n Speziolseep, een »for men«, un för dat, wat de köst, kööp ick in'n Supermarkt twintig Stück, un de rükt ok fix dämonisch, kann ick di seggen!
Is aber verkehrt, so dröffst nich denken –. Un, hehe, weeßt, wat ick Dööskopp jümmers makt heff? Heff mi ünner de Bruus mit eenfach Seep wuschen! Hah – keen Wunner! Denn dor gifft dat 'n »Gel« för, 'n Duschgel! Lustobjekt, un denn nich mol Gel – denn kannst man glieks inpacken!
Man nu geiht dat jo eerst los: För't Raseern bruukst wat vörher un wat dornah – ümmer düchtig rin in de Visaasch. Un nich blots in de Visaasch! Överall hen! Aber dat heet denn »Eau de Toilette« –.
So an de hunnert Mark büst jo nu al los, man weeßt, wat denn kummt? Denn, du, denn kummt »Body Splash«! Is dat to glöven, wat? »Body« is Ingelsch un heet »Körper«, un »Splash« heet so veel as »Spritzer«, jo, un düssen Körperspritzer, den schallst dor denn woll noch överweghauen, över all de annern Drüppen un Water –.
Och, un denn as Lustobjekt, denn is jo nicks mit Müffi ünner de Arms! Denn bruukst 'n Deodorant! Aber nich so'n billigen Twee-Liter Jonny för 'n Mark un twintig, so as ick den tohuus heff, un wat ok miteens hölpt gegen Lüüs un Kakerlatschen, wenn ick dor morgens de halve Wahnung mit vernevel!
Is aber nu vörbi mit, nu kööp ick dat Deo ut de kumplette Herren-Serie, wat jo veel düürer is, un denn blots so eben eenmol links: phhh! un eenmol rechts: phhh! un höchstens noch mol... äh – man dor gifft dat wedder wat Besünners för –.
Jo, so eenfach is dat. Blots noch Böst un Kamm för neegenundörtig Mark fööftig, 'n Tasch, wo de Serie denn rinpacken kannst, för eenhunnertfievunneegentig – ick heff mol nahrekent: Wenn du di so kumplett utstaffeerst, warrst so üm un bi fievhunnert Mark los...

Ida seggt, bi Fievhunnert hört de Lust op. Lustig is denn blots noch de Hersteller.
Schiet! Wedder nicks —. Wo ick dor so'n Jieper op harr! Sogor snacken kann ick al as 'n Lustobjekt: Hallo, gnä' Fruu — hör mal 'n beten to...

Dat is dat Fröhjohr

So, nu is dat inne Gang, dat Fröhjohr. Mit allens, wat dor tohört: Fröhe Blomen, Sünn an'n Heven un – dat is jo woll dat Wichtigste – dat eenmolige Fröhjohrsgeföhl! Nu segg blots, du hest keen Fröhjohrsgeföhl! Dat is jo unmöglich, sowat! Dat Fröhjohr verwannelt den Minschen – hest dat noch nich mitkregen? Also ick föhl dat heel düütlich in mi, düt starke Lengen un düsse Unroh vun de Natur, de jo nu wedder an'n Opstahn is –. Naja, nich datt ick mi nu furts de kumplette Kollekschoon vun düsse Firma ut Flensborg kamen laat, dat nu nich; denn kummt Ida mi jo op 'n Hals mit ehr hausfrauliche Sporsamkeit un seggt, ick schull mi fix wat schamen! Hett se woll ok recht mit, denn womöglich is dat jüst so as mit de düüre Filmutrüstung, de ick mi mol schicken laten heff, un de nu ok blots in de Eck liggt, wiel datt ick dor nich mit trecht kumm...

Mutt jo nich glieks so radikol sien in mien Oller – 'n niegen Antoog is doch ok al ganz schöön fröhjohrshaft, nich? Blots mien Buuk steiht mi dor jümmers bi in'n Weg... also op 'n Maand sünd wi al west, man 'n Antoog to sniedern mit 'n würklich wirksom Buukversteck – dat kriegt se nich fardig! Un ick stah dor mit dat wilde Fröhjohr in mien Bost, un 'n Stück deeper geiht de Jack nich to –.

Oder mit de Hemden – ick weet nich, 'neem dat vun kümmt: In de letzte Tiet finn ick blots noch Hemden mit düssen egenortigen Opdruck »Slim« – Minsch, aber ick bün doch gor keen slimmen Kirl, ok wenn ick nu echt veel Lenz in de Seel heff! De Verköpersch hett ok to mi seggt, de Hemden mit »Slim« op, de sünd nicks för mi... verstah ick nich –. Man tominnst bi de Slipse, also dor kenn ick mi sülvst nich mehr! Bün denn richtig an'n Rangeln üm den adäquaten Utdruck för mien'n männlichen Lenz –. Un kööp mi so rasante Kringels un Striepen, dat de Damenwelt noch 'n halv Stunn mit 'n open Muul un Flatterpuls achter mi rankiekt, jojo! Is doch wat anners as bi Ida, de bi mien letzten Slips – weeßt du, de in violett mit gülln Striepen un de eleganten Möven dortwüschen un wo sogor de Verköpersch an de Kass mi mit deepe Bewunnerung ankeken hett — Ida, also de hett blots 'n Veddelstunn op'n Kanapee legen un sick krümmt un juucht: »Ich kann nich mehr! Ick warr nich wedder!« Wat schallst dor nu vun holln —?

Un charmant bün ick in't Fröhjohr! Akkraat an'n eenuntwintigsten März heff ick mien'n brillanten Charm wedder ut de Mottenkist kregen. Mit 'n Auto, to 'n Bispill — egolweg bün ick an't Stoppen un laat de Fruunslüüd höflich över de Straat passeern, so mit lässigen Wünken; süht nah wat ut, dor kannst op af!

Man de Autofohrers achter mi sünd nu echt Banausen, dat mutt ok mol seggt warrn! Wenn ick enerwegens so charmant op de Bremsen laatsch, denn fangt de an to hupen un fuchtelt mit de Hannen achter ehr Schiev rüm as harrn se een an'n Böön! Begriept se partout nich, worüm ick so charmant bün; ick glöv, de weet noch gor nich, datt nu Fröhjohr is...

Ach, un du — dat will ick di ok noch fix vertellen: 'n füürigen Blick heff ick mi toleggt düssen Lenz — dat hollst nich ut! Weer reinen Tofall, heff ick noch funnen in so'n Kist mit olle Medikamente in; weern Ogendruppen för uns Hund, den wi fröher mol harrn, de harr nämlich jümmers Leckogen hatt, un sünd originol as so'n Art Belladonner oder wo dat heet! Heff 'n Funkelblick as 'n tollwütigen Voss nu!

Ida hett sick jo al wunnert över mien feverige Glimmerogen un meent, ick harr woll 'n grippalen Infekt to faten —. Man so is dat mit dien Ehefruu — büst du mol charmant, denn halt se glieks 'n Thermometer un stickt di in't Bett...

Vun de Pösieh

»Wer in dieses Büchlein schreibt, den bitte ich um Sauberkeit!« – hehe, kennst düssen Snack? Ick heff so 'n Book jo nich hatt, as ick lütt weer, un mi dücht, dat sünd woll ok mehrsdeels de Deerns, de an de »Pösieh«-Böker ehrn Spoß hebbt – nee, Ogenblick, is keen Spoß, man jo nich, se nehmt dat deepeernst! Wenn se so teihn, twölf Johr old sünd, kummt dat Lengen nah so 'ne Art Innerlichkeit mit grote Macht öber jem –.
As Schoolmeister krigg ick af un to so 'n klokes Book in de Hand un schall dor denn wat rinschrieven, un ick mutt seggen, ick do mi jümmers beten swor mit düsse »Ehr«. Wenn ick de Sieden opslaag, is mi meist, as kreeg ick backsige Finger vun all de söten un leven Riemels, de dor mit lütte un mennigmol beten schietige oder ok mit olle un woll tatterige Hannen för 'n poor Johr Ewigkeit rinpinselt worrn sünd –.
De mehrsten Pösiehalben fangt jo mit Mudder un Vadder an, de hebbt de Ehrenplätz sotoseggen. Mudders Stremel kummt jümmers vun Harten oder ok mol vun Goethe, un Vadder makt op fidel; kannst em anmarken, datt he eerstmol 'n half Stunn op sien 'n Schriever rümnuckelt hett, ehr datt em de Fidelität ut de Finger sprütt. Oma is denn an de Reeg, un de kennt sick in sowat beter ut – se harr jo al in ehr Dochters Book wat rinschreven, fröher – veel fröher. Un wenn ehr gor nicks infallt, denn eben fix wat ut de Bibel, dat passt jümmers. Opas heff ick nich so veele funnen in de Alben; ick glööv, de sünd bitieden utbückelt. Denn so geiht dat los mit de Fründinnen un – oh... is direkt schenant to seggen – mit de lütten Frünnen –. Op de nächsten Sieden gifft dat wohre Orgien mit dralle Oblatenengels, Blomenkörv, Glückspenns, Kleebläder un sünnerbore handmolte Biller, de to 'n Bispill 'n wunnerboren Peerkopp wiest – – wat schall de Peerkopp in 'n Poesiealbum –? Nicks wieder, blots dat Peerd. Dor ünner denn: Dies Schrieb Dir Deine Freundin Dörte. Hett aber gor nicks schreven, de Dörte, blots den Peerkopp molt. Mi dücht, Dörte

hett woll jüst Riedünnerricht un is so vull vun düsse niegen Indrück, datt se eenfach nich anners kunn —. De Fründinnen staht all in swore Konkurrenz. De beste Fründin finnst tovörderst un is denn ok heel deep vun Hartn un wunnerbor innig, mit wat se sick dor verewigt hett: Freundschaft auf ewig! Un een hett sogor ’n echte Traan vergaten un ehr denn fein ümkringelt mit Blomen un Harten. De Jungs sünd wat rabiater. Bit op den eenen, de grood de Favorit is, de schrifft denn kunstvull: Wenn wir einst Hand in Hand über bunte Felder geh’n, wolln wir stets an denken, wie ich Dir als Knabe mal geseh’n! Tjä, wat schallst dor maken — ’keen de Leev tofaten hett... Man siene Kumpels nehmt dat wat lichter, un Jörg molt denn blots ’n grotes »HALLO!« — mit all sien bunte Farvsticken.
’n besünner Kapitel sünd de Lehrer. Se dröfft nich rinschrieven, ’neem se wullt, nee, de lütt Deern hett Sieden reserveert för jem, un boben steiht denn mit Bliesticken »Herr Jahn«, »Frau Ziegler« un so wieder. Dor schüllt se denn literarisch warrn. Schiller, Goethe un all de annern Klassiker mööt an glöven. De Progressiven ünner jem haut de armen Gören Brecht üm de Ohren un sogor Karl Marx heff ick al mol funnen. Dor gifft dat echte Pösieh-Experten, de fiev Liter Moral elegant mit ehr egen Person verbinnen köönt un schrievt ünner dat Gedicht »Daß du dieses immer beherzigen mögest, das wünscht Dir, liebe Katrin, Deine Lehrerin Marlis Soundso.« As ick al seggt heff — mi fallt dat nich so licht mit düsse güllen Ratslääg. Eerstmol kenn ick de Klassikers nich so goot butenkopps un tweetens heff ick denn ok keen Lust, lang to schmökern, bit datt ick wat funnen heff.
So suug ick mi lever sülvst wat ut de Poten un frei mi al bi den Gedanken, wat Lütt Doris woll seggt, wenn se in’t Johr Tweedusendunveertig ehr oll Pösieh-Album opsleit un leest: Lütt Deern, mit Söben glöövst noch an den Mann in ’n Moond; mit Söbenteihn weeßt, datt nüms dor boben wahnt; un eerst mit Söbentig büst so wiet — denn hölpt de Moond bi’t Drööмen trüch in Dien Kinnertiet...
De Fraag is blots, wat Doris denn noch Platt versteiht — ?

Woddel-Problematik

Tjäwoll, un nu is wedder Tief för uns Sendung »Wat? Ji wüllt wat weten?«. Perfesser Heinzi Quarkus antert ok hüüt op Frogen, de em Hörers stellt hebbt. So to 'n Bispill op de Froog vun 'n Tweeunnegentigjöhrigen, de weten will, wat he dat mol mit 'n Ginseng-Woddel versöken schall, un 'n Landfruu het Arger mit ehrn Lüttknecht.

Man nu ok furts to uns eersten Anroop, uns Vadder mit de Woddel ut de Lüneborger Heid:

— Veerveersöbensöbeneen...

— Häh — ?

— Quarkus, goden Morgen?

— 'keen is dor?

— Quarkus, goden Morgen?

— Jo — ? Jo, Herr, Perfesser, ick bün nu al tweeunnegentig, nich, un mien Fruu hett mi dor mol so 'n Woddel mitbrocht, ut Gingseng is de jo woll, un dat, wo se doch weet, ick mag un mag nu mol keene Woddeln, un se hett aber seggt, de schall ick nu partout eten! Un dor wull ick mol frogen — oder wat meent Se dorto — ?

— Hebbt Se al mol 'n Woddel eten?

— Nee... jo — fröher, as ick noch 'n Jungkirl weer, dor heff ick düchtig Woddeln eten, man de weern ut düsse Gegend hier un segen ok ganz anners ut as de Ging... de Ging... dat is jo meist, as wenn 'n dor in 'n lütten bruunen Dwarg rinbieten schall...

— Wannehr hebbt Se denn oplest mit Ehr Fruu snackt?

— Weet ick nich recht... is woll so an de dörtig Johr al her nu, un siet düsse Tied liggt se bi mi op 'n Nachtdisch... ick mag dor al gor nich mehr henkieken, Gott, nee ok...

— Wi wüllt nu eenmol versöken, wat wi dor mit anfangen köönt — Ehr Fru liggt al dörtig Johr op 'n Nachtdisch, seggt Se, Se möögt dor nich mehr henkieken, un Woddeln wüllt Se ok nich eten...

— Neenee, dat is annersrüm... de Woddel liggt op mien Fruu un ick mag ehr nich eten ... nee, noch anners – mien Fruu liggt op de Woddel un ick mag den Nachtdisch nich eten... ick bün al ganz brägenklöterig...

— Se schullen villicht versöken, dor eerstmol mit de Ginseng-Woddel öber to snacken un roopt mi denn wedder an. Op Weddersehen?

Tjä, leeve Hörerinnen und Hörers, de Tied is kott, un uns Landfruu hangt al an 'n Droht:

— Quarkus, goden Morgen?

— Hallo? Mien Lüttknecht, de... also nu laat mi doch blots mol 'n Ogenblick los, du wilden Buttje... de Kirl lett mi doch nich in Roh, Herr Perfesser — wat schall ick blots maken?

— Se sünd 'n Fruu?

— Ick 'n Fruu — na klor doch! Glöövt Se, mien Mann hett wat mit 'n Lüttknecht... nimm de Poten weg, segg ick di...

— Weet Ehr Grotknecht öber den Lüttknecht Bescheed?

— Na, se Sünd jo good — de hett mi doch den Lüttknecht op 'n Hals jogt, düsse fuule Kirl...

— Weet Ehr Mann öber den Grotknecht Bescheed?

— Mien Mann? De speelt jümmers Schach.

— Denn wurr ick Se vörslan, mol 'n Turnier to maken, mit alle Mann hooch, un wenn dat nich hölpt, denn roopt Se mi wedder an.

Man nich dunnerstags — denn speel ick Skat mit mien Fruu un ehrn Fründ... Weddersehen...

Exomen

Segg mol — hest du al mol 'n Exomen makt?
Jo? Süh, denn kennst du dat seker, dütt egenartig Geföhl in de Magengegend, wo du glöövst, dien Darm will Ballett danzen... Gifft jo 'n barg vun düsse dösigen Situatschonen — to 'n Bispill, ehr datt 'n Künstler sien groten Optritt hett: dor heet dat »Lampenfieber«; oder bi Kuddl vör den Antrittsbesök bi de tokamen Swiegeröllern: dat is denn noch so 'n Art »Restinstinkt« un hett wat mit 'n »Fluchttrieb« to doon; besünners leeg aber is dat, as ick al seggt heff, vör so 'n Exomen, denn de Ünnerscheed twüschen so 'n künstlerischen Optritt un 'n Exomen is de, datt de Prüfungsausschuß bi den Optritt, also dat verehrlichte Publikum, wat för sien Geld hebben will, wieldess dat Exomensgremium wat för sien Geld doon mutt — un wenn se dat »ehrenamtlich« makt, ward dat noch gefohrvuller: Denn mööt se wiesen, datt se düsse Ehre ok verdeent hebbt.
Dat Wichtigste an so 'n Exomen is, datt dor 'n Döör twüschen is. Achter de Döör sitt, seggt wi mol, fiev Piehpl, vör de Döör steiht 'n halven Piehpl. Die fiev Prüfers sünd Manns- oder Fruunslüüd — dat kümmt nich op an; Hauptsaak, se weet, wokeen se sünd un vör allen, datt se wat sünd. De halve Portschoon vör de Döör weet mehrsdeels afsluut nich mehr, 'keen he is; un datt he wat is, vergitt he furts, wenn he to Döör rin kümmt. Ehr datt de Prüfungsausschuß em oder ehr rinhalt to dat Exomen, sünd de fiev Piehpl fein fidel, denn dat kümmt jo nich alle Daag vör, datt se mit so düchtige Kollegen to doon hebbt, un se freit sick all op de poor Minuten, wo se wiesen köönt, dat se noch düchtiger sünd as de annern veer. För 'n kotten Ogenblick sitt se sotoseggen op 'n lüürlütte Eck vun den leeven Gott sien Stohl, un so föhlt se sick denn ok. De Exomenskandidot, de nu wittneesig, slapperbeenig un dröögmuulig vör jem tattert, steiht so wiet ünner jem, datt se em meist nich sehn köönt, un so kiekt se em denn ok an.
De Exominereree geiht los nu. De Boberste frogt dat Bünnel

Minsch, wat he ok gesund is; un wenn nich, denn ward se dor fix wat bi maken — dat seggt se aber nich. De eersten Frogen ward afschaten, un de Prüfers sünd mit sick an 't Rangeln, wat se nu fründlich oder gnadderig sien wüllt. Pliert de Kandidot in de Gegend as de Hund bi 't Kleien, ward se fründlich — se sünd jo man ok Minschen; un dat is nich vörnehm, een, de al de Trepp daalfallt, noch to schubsen; is de Kandidot de reine Einstein, ward se ok fründlich; womöglich weet he noch mehr as dat, wo se sick op prepareert hebbt oder frogt jem amenn noch sülven wat! Överhaupt ward he seker bald Kolleeg in dat Prüfungsgremium, un dor heet dat vörsichtig sien!
Gnadderig ward se aber, wenn de Kandidot nich weet, wat se hören wüllt. Dor kennt se keen Pardon. Denn wiest se em, wo dat lang geiht. Un dat kann jem ok nüms verdenken, wenn se mol sarkastisch ward, oder ironisch — blots so 'n lütt beten, versteiht sick; un de dat nich versteiht, mutt weten, datt se dor nich to 'n Vergnögen sitt — al mol gor nich to den Kandidoten sien.
Wenn se noog frogt un sick op den Herrgott sien Stohl kommodig breet makt hebbt, is dat Exomen toenn, un de Rest vun den Prüfling wankt ut de Döör, rut nah 'n Lokus. Nu kiekt sick de Ausschuß bedüdsam an, schüttköppt, nickköppt, seggt: Ts, ts, ts! Oder: Alle Achtung! Un de dat Prüfungsprotokoll schreven hett, leest vör, wat se al glieks wüsst harrn. Nah düsse fach- un sachkundige Berotung stellt se fast, datt de Exomenskandidot bestahn hett oder dörchfullen is. Se sünd middewiel all noch 'n Enn wussen, un so süht denn ok ehr Ünnerschrift ut, de se ünner dat Protokoll sett.
De Prüfling ward wedder rinhalt un is noch 'n Enn lütter worrn. Hett he bestahn, föhlt he sick richtig wedder as Minsch; is he dörchfullen, so ist dat, wat he föhlt, ok bannig minschlich. 'n Jammer, datt de fiev Piehpl dat nich mitkriegt; denn se hebbt dor keen Tiet för, wiel datt se al wedder dorbi sünd, op den negsten Stohl vun 'n leeven Gott to klattern.

Häppieh Köllsch

Weeßt du, mi is dat jümmers 'n beten grugelig, an düsse Daag in de Karnevalstied — also dat gifft Lüüd, de köönt denn op Kommando stünnenlang fidel sien! Is wohr! Een seggt »Alaaf«, un de annern lacht, datt jem dat Bruchband knackt. Du, dat is nich eenfach, glööv mi dat! Al mol gor nich för mi. Naja, magst du seggen — ick bün nu mol Hamborger... aber dat sünd ok Minschen, nich? An so 'ne Daag mag ick al gor nich mehr dat Radio oder Televischen anmaken – miteens hebbt di de Jecken bi de Büx, un du steihst düssen rheinischen Frohsinn wehrlos wiehsawieh! Maskerood, goot — dat mag noch angahn, un dat finn ick ok lustig, wo sick de Minschen denn wannelt, man »Karnevals-Sitzungen« —? Sitzungen alleen sünd al gräsig, un denn noch mit Karneval?

Nee, also för mi is dat nicks. Ick glööv, dat hangt dor ok mit tosamen, datt ick al 'n beten verdorven bün för sowat, wiel datt ick dat hier in Hamborg veel kommodiger heff bi't Fidelsien... denn wat to 'n Lachen gifft dat hier nich blots in de Karnevalstiet, nee, hier baben bi de sturen Norddüütschen hebbt wi elkeen Dag Maskerood un Frohsinn — also ick wull seggen: de annern makt de Maskerod un ick heff den Frohsinn.

Wat — dat glöövst du nich? Hehe, denn gah man mol in de Zittieh, dor hebbt wi so 'n Inkööpsparadies, so 'n hoogvörnehmes Zenter, mit veele Ladens, Lüüd un Larifari. Süh, dor gah ick hen wenn mi nah Lachen tomoot is. De Anfang vun mien Juxvergnögen is jümmers so 'n Edelimbiß vun 'n Supermarkt. Dor stell ick mi in de Eck un kiek to. Dor gifft dat keene Fritten mit Majo, dor gifft dat Austern, Kaviar, Lachs un Schampus. Un grote Welt, as ut 'n Modejournal. De grote Welt mampft dor vun Plastik un Papptellers. Kaspertheoter in de Staatsoper kann ok nich schöner sien. Dat allens heel eernst, mit Würde un Zitroon.

Denn gah ick 'n poor Schritt wieder lang. Dor staht de Stöhl un Dischen vör dat Café, un de Lüüd speelt Panoptikum. Se speelt

Koffeedrinken, Aperitifslabbern, Klunkerwiesen, Keepsmiling, Smalltalk, Pierre Cardin un Ssossaietieh – so haih as möglich.

Bi lütten loopt mi al de Tranen vun de Backen, so fidel bün ick denn, man dat hölpt allens nicks, nu geiht dat mit 'n Fohrstohl rünner to so 'n Art Open-air-festival, un dat is nu würklich dat Gröttste: Café, Restaurant, Bar – allens dörchnanner. Mehrsdeels is dor keen Platz mehr free, un so fallt dat ok nich op, wenn ick mi enerwegens posteern do un mien 'n Spoß heff. All de Lüüd, de dor sitten doot, hebbt dor soveel mit to doon, sick to präsenteern, datt se egentlich all twee Stöhl brukt, man wiel datt dor pruppenvull is, mööt se mit een Stohl utkamen und dat gifft denn echt Probleme! Dor ward de Been över- und ünnernannerslahn, de Arms över de Stohllehnen hangt, un de Akschoonsradius is so groot, datt de Serviermadam egentlich blots ut Luft sien kann – anners wurr se dor wiss nich dörchkamen.

Wenn ick mi an düsse Kummedi denn lang noog sattkeken heff, promeneer ick noch 'n beten an de schnieken Ladenfinster vörbi un wunner mi, wat Minschen allens so nöödig brukt un antreckt. Zigarren för meist hunnert Mark dat Stück... kann ick noch begriepen, datt een sowat partout smöken mutt, un Klunkers för twintigdusend – mienwegen. Man wat du dor an Klamotten sühst... sogor wenn du op apartig un extravagant steihst: So besopen kann doch keen Snieder sien!

Tjä, un denn gah ick bannig fidel nah Huus, sett mi in de Stuuv, Ida kümmt rin, kiekt mi an mit open Muul un seggt: Sahch mah – warst du etwa so inne Stadt? Mit zwei verschiedene Schuh?

Un lacht... lacht... un lacht...

Ick finn, Ida hett wat Rheinisches an sick.

De Grill-Party

Wenn in de warme Johrestiet dat Weder goot is, denn kaamt veele Lüüd op den Infall, sick dat obends mol so richtig rustikal kommodig to maken, denn so ward 'n Grillparty fiert.
De Grill-Party is 'n Party, op de ok wat grillt ward — dat seggt jo al de Naam. Ünner Grillen versteiht een, Fleesch, Fisch un so wieder öber'n open Füer, dat mit Holtkohlen bedrievt warrn mutt, so heet to maken, datt de een Siet verkohlt un de anner noch roh blifft. Bi düsse Grilleree gifft dat Qualm, un af un an fallt ok mol'n poor füürige Holtkohlen op 'n Bodden. Dat is 'n Grund dor för, datt dat in de Wohnung nich so veel Jux makt, vunwegen de Rauchvergiftung, un de Partygäste speet denn op den gooden Teppich. So kümmt dat, datt de mehrsten Lüüd lever op 'n Balkon grillt. Dat is all veel beter, vör allen för de Navers dor öber, de denn glieks öbern Balkon speen kööont un nich op'n Teppich. An besten aber is so'n Grillparty in'n Gaarn, dat is de Idealfall sotosegen.
Wat brukt wi dor nu allens to?
Wat in de Modemagazine steiht, dor mußt di nich um kümmern. Apartige Grillhandschen oder so sünd Tüdelkram — wenn wat Heetes antofaten ist, röppst eenfach dien Fruu.
Nee, tovörderst brukt wi 'n Grill. Dat gifft twee Arten vun Grills: De een is 'n groote Pann, 'neem de Kohlen rinschütt ward. Dor öber schuuvst 'n Drohtgitter un op dat Gitter packst dat Fleesch. Wenn de Wüss oder Höhnerbeen denn lustig schmurgelt, droppt dat Fett in dat Füür, fangt an to brennen, un nah 'n Ogenblick süht dat, wat op dat Gitter liggt, jüst so swatt ut, as dat, wat ünnen in de Pann brennt. Dat sünd denn de Portschoonen för den Besök, kümmt eenfach fix Ketchup öber.
Bi den annern Grill liggt de Holtkohl hochkant achter dat Gitter, un de Braten dreiht sick dor vör. Dat is veel beter. Mit Verkohlen is nicks denn, mit Gorwarrn aber ok nich veel. Buten is de Braten nah twee, dree Stünnen jo lecker, man binnen is dat Swien meist

noch lebendig. Aber ok dor gifft dat 'n Trick: Braten bit op 'n feinen Rest in Schieven snieden un op'n Teller doon. Babenop liggt denn jo de nich ganz so gorn Schieven, un Besök mutt jümmers toeerst bedeent warrn. De eegen Familie kriggt denn de krossen Stücke, de ünnen liggt. Un de besünners goode Rest? Den itt Vadder, de Grillmeister glieks an 'n Grill.

Man sowiet sünd wi jo noch nich. Eerstmol mööt de Holtkohlen anbrennt warrn. Dor gifft dat veele Arten vun Kohlenanzünnern, all brennt se goot un stinkt noch beter. Blots de Kohlen zündt se nich an. Kannst ok Brennspiritus över de Holtkohlen geten un denn anzünnen. Dat brennt höllsch, un raseeren brukst di ok nich mehr; Boort, Ogenbruen un de Hoor in dien Nees — allens picobello afsengelt, op eenen Slag. Anzünnen alleen aber langt noch nich. Mutt ok Luft an dat Füer kamen. Mit 'n Blasebalg süht dat jo elegant ut, bringt aber nich veel. Beter is, mit 'n groot Stück Poppeer to wedeln, Stüürerklärung oder so. De Clou aber is, dat mit 'n Staubsauger in Gang to bringen. Stoffbüdel afnehmen un mit dat verkehrte Enn in de Kohlen pusten. Dat Sylvesterfüürwark is 'n trurige Funzel tegen düssen Funkenregen. Bi düsse Gelegenheit warrst mol gewohr, woveel Kunststoff hüüt to Kledaschen brukt ward. De tweehundertveerteihn lütten Löker in dien 'n Pullover oder Tant Anna ehr Blus sünd dor 'n seker Teken för —.

Aber dat allens tellt jo nicks, wenn du an de Stimmung denkst. De Partygäst sitt üm dat glösige Füer, wischt sick de Flugasche ut de Ogen un klemmt sick den Achtersen in de Gaarnklappstöhl, in de Glöös zappelt de Langbeen, un dat is al so romantisch dämmerig, datt de Fett- un Ketchupflecken op de Büxen gor nich mehr to sehn sünd. De sühst eerst annerndags — wenn dien Büx nich opbrennt ist.

Bowle

Mit Henriette is dat allens anfungen. Ick weer dor woll so fiev, söss Johr old, un op miene Entdeckungsreisen dörch Schapp un Schuuvloden full mi Henriette in de Hannen, 'n grotmächtiges Kochbook; wi nömen dat Book so wegen de Verfasserin, de heet Henriette, jo, also – Henriette is nich so wichtig; wichtig is, datt in dat Book so 'n lütte Bowlenfibel leeg.

Süh, un de harr mi dat andoon!

Datt dat 'n Rezeptbook för Bowle weer, dat kunn ick to de Tiet jo noch nich lesen, man op de eerste Siet, dor weer so 'n lütten, fetten, nackten Macker, de lach vun een Ohr to 'n annern – mien Mudder sä, dat weer Bacchus, un he keek so besopen as Onkel Willi, to den mien Mudder aber blots Suupkopp sä un nich Bacchus, un dorbi swüng he 'n grotes Glas vull Bruus, wat gor keen Bruus weer – dat weer Bowle, sä mien Mudder. Un ick dach bi mi: Wenn du mol groot büst, denn so drinkst du ok jeden un jeden Dag so 'n groten Kübel vull Bowle un büst denn egolweg an't Lachen un happy, so as de lütte, fette Macker in dat Bowlenrezeptbook...

As ick denn lesen kunn, dee ick mi bannig wunnern, ut wat 'n allens Bowle maken kann, also wenn dat nich 'n gesunden Sluck weer! Kunn een jo domols bi 'n Gröönhöker jümmers op de Tüten lesen: Esst mehr Früchte und Ihr bleibt gesund! Man in 'n Krieg geev dat jo keene Früchte, un so keem mien grote Bowlentiet denn eerst, as ick so söbenteihn, achteihn Johr old weer...

Mien eerste Bowle weer mit Erdbeeren.

'n Fründ vun mi harr düsse Düvelsmixtur ansett, mit 'n halven Liter Rum-Versnitt vun 'n Fass.

Ich harr echt Jieper op de feinen Erdbeeren un heff dor 'n barg vun op nüchtern Magen fuddert. Nah teihn Minuten weer ick op 'n Trip, de mi meist in de ewigen Jagdgründe broch. Ick dee speen as 'n Geisir. As ick nah 'n poor Weken wedder beten klorer denken

kunn, nähm ick mi vör, in Tokunft blots noch Bowle to drinken, de ick sülvst ansett heff!
Un dat hett sick verlohnt!
Mann, wat heff ick so mit de Johren allens utprobeert!
Klor... Frünnen heff ick nu nich mehr; mien lesten Fründ is nah mien niege Bowlenkreatschoon »Swinging Füürdattel« as Entwicklungshölper in 'n südamerikanischen Urwald gahn; he meen, do harr he 'n gröttere Överlevensschangs—.
Na good — kannst eben nich allens hebben. Wenn dat ok 'n beten langwielig is, so ganz alleen to supen...
Ida makt jo al lang nich mehr mit; un dorbi hett se nah mien Spezial-Bowle »Radieschenblitz« doch blots dree Weken to Bett legen, un kieken kann se ok al wedder...
Nee, so rechten Jux makt mi de Bowlenpantscheree nich mehr—. Wenn ick so an fröher denk...
Ernst sien Hochtied to'n Bispill, as nah mien pikante Gurkenbowle de sösstig Hochtiedsgäst twee Stünnen weg weern un denn mit niege Büxen un Kledaaschen wedderkemen!
Oder bi Guschi, den een Silvester, mit mien »Wermut-Terror à la Sauerampfer«, wo se al Klock teihn öbern Balkon hüngen un Guschi sien drüttes Gebiss op de Straat fullen is, jojo, dat weer noch wat, dor weer noch wat los!
Und dorbi is dat jo nu nich so, datt mi hüüt nicks mehr infallt!
Neenee!
Düsse Bowle hier, de ick nu to 'n eersten Mol versök, also dat is de af... de afsluute S... S... Spitze is di dat! Ick warr ehr »Hexen-Trip« nöhmen, vunwegen de Zippeln mit W... mit W... mit Wodka...
Dat Ressept! Wullt du dat Ressept weten??
Pass op... eenfach W... Wodka in lütte Stücke snippeln, 'n halv Buddel Zippeln togeeten, anzünnen, un mit Schampanner wedder l... wedder l... wedder löschen... mußt mol versöken, du, kummst ut 't Wunnern nich mehr rut, hehehe...

Blots noch de Katt…

As wie lest Johr op Urlaub güngen, harrn wi — ganz anners as sünst — allens vörher plant un in de Reeg brocht; nicks vunwegen grote Öberraschungen an 'n letzten Dag, so mit »Ogottogott, watmaktwieblotsmitdeBlomenpött?« un so, nee, akkrat allens harren wi propper »getaihmt«, as dat jo hüüt heet. Sogor an uns Katt harrn wi dacht. Den Dag vörher müssen wi ehr blots noch eben to mien Swiegermudder bringen, un mit'n Wagen is dat jo 'n Klacks, vun Berne nah Osdorf —.

Uns Jette is 'n feine Katt, richtig leev un sööt, un uns Jungs dröfft ehr sogor af un to anfaten; se kleit denn blots 'n beten, un so grot sünd de Wunnen ok gor nich mol.

As wi ehr denn wegbringen wullen, weern uns Jungs nich tohuus. Dat weer jo nun nich so goot, denn ick faat uns leeve Jette op keenen Fall an, mi kiekt se jümmers so tücksch an. Man Ida, mien Fruu, de is jo patent, de trock sick eenfach Handschen un 'n dikken Mantel an und hett ehr denn op'n Arm nahmen und in 'n Wagen brocht. Datt se ehr nich glieks tofaten kreeg, harr ok wedder wat Godes för sick: As se op'n Buuk ünner dat Sofa leeg un sick de Katt angeln wull, dor wörr se wies, datt in de achterste Eck, ünnern Teppich, 'n halven Fisch steek, de al wat gammelig weer.

Nu wüssen wi doch tominnst, worüm dat letztiets jümmers so streng rüken dee bi uns —.

Na, ick heff denn noch eben de Pinkelbalje un fievuntwintig Dosen Kattenfudder to'n Wagen sleppt, un ok den Föfftig-Pund-Büdel mit Kattenstreu dee ick nich vergeten.

Weer 'n feinen Dag, veerundörtig Grad, in 'n Wagen noch 'n beten wat molliger. De Finster kunnen wi blots 'n lütt beten opmaken, anners wär uns Jette rutjumpt. Fein sutje bün ick losfohrt. Dat weer 'n lustige Juckelee, allens wat recht is. Ick müß vörsichtig un langsom in de Kurv gahn, anners krall sick uns Jette bi Ida in de Knee fast, un so 'n Larm mag ick nich hebben bi't Fohren.

Denn hett sich Jette op de Aflaag achter de Bank sett un heel wild nah buten stiert. An de Ampels deen de anner Lüüd achter uns sick amüseern öber uns nüdliche Katt, de so fidel spazeeren föhr.
Miteens füng de Katt an to hecheln as 'n Hund – wi hebbt uns bös verjagt, un mien Fruu hett fründlich snackt mit ehr un ehr begööscht. Dor hett se dat Muul wedder tomakt.
An de nächste Ampel holl op eenmol de Musik op in't Radio. Dat keem dorvun, datt uns lütt, sööte Katt achtern op den Lautsprecher stunn un em ünner Water setten dee.
Mann, wat hebbt de Lüüd achter uns sick utschütt vör Lachen!
Wi hebbt nich lacht, wi kunnen meist keen Luft mehr kriegen. Dat rük, as sitten wi in 'n Tigerkäfig. Man dat keem nich blots dorvun. Dat anner harrn wi nich so gau mitkregen, dat marken wi erst, as wie in Osdorf den Wagen opkloren deen, mit veel heet Water, Seep un twee Dosen Achselspray. Un wi müssen dat aarig vörsichtig maken, üm datt mien Swoger dor nicks vun mitkreeg! Denn anners harr he uns de Katt nah uns Urlaub jo nich in sienen Wagen torückbrocht!
Ick meen – he makt dat jo 'n beten dull, segg mol sülvst: Sogor nu noch, wo dat al so lang her is, fohrt he egolweg mit'n open Verdeck un rünnerdreihte Schieven!
Pah – dat kunn mi nich infallen! Ick heff mien'n Wagen verköfft.

Flirten

Gifft eben Lüüd, de köönt dat, un annere köönt dat nu mol nich. Dat Flirten, meen ick. Ick glööv, ick kunn dat nie nich so recht. Wenn ok – heff mi dor alltiets veel Möh mit geven, jo! Man enerwegens hett dat nich henhaut, un weer mennigmol richtig schenant denn...
Ick weet noch, as ick woll so veerteihn Johr old weer, dor hett mi 'n al wat öllern Fründ – he güng al to Danzschool – verklort, wo dat funkschoneert mit dat Flirten.
»Wenn du 'n Deern lieden magst«, see he, »denn mußt du ehr driest ankieken, stuur in de Ogen!«
»Jo, un denn?« frög ick. »Wenn se denn wegkiekt – wat denn?«
»Wenn du ehr richtig anplierst«, meen he, »so de Ogendeckel beten hangen laten –« un he schuul mi an as 'n Valentino mit Grippe – »versteihst du... mutt de Deern heel 'n Jieper op di kriegen, worüm du ehr so mit halvtoe Ogen anglupscht... schallst mol sehen – denn klappt dat ok!«
Na, so recht glöven kunn ick dat jo nich, man wenn he dat seggt – överhaupt harr he ok al 'n Slips, un dor müss he doch eenfach Bescheed weten mit so 'ne Saken, nicht? Dor bün ick de tokamen Daag as beschüürt in de Gegen rümwetzt un heff dringend wat to'n Flirten söcht. Aber kannst di gor nich vörstellen, wat de Deerns dat all ielig harrn! Ick bruuk blots eenmol so to kieken, as ick mi dat vör'n Spegel instudeert harr – weg weern se!
Man denn in de Stratenbohn: Eendags müss ick nah mien Grootmudder hen, nah Altona. Glieks bi't Instiegen seeg ick 'n smucke Deern op de Bank sitten – dat weer noch in een vun de ollen Bahnen, wo blots langsiets twee Bänk weern. Gottlov weer keen Platz mehr free, un so kunn ick mi direkt vör ehr opstellen. Verdammigt smucke Deern weer dat. Kunn sien, twee, dree Johr öller as ick, man dat wull ick woll wedder utglieken mit mien Valentinoschulen. Man de Saak stünn ünner keen goden

Steern. De Schaffner keem un frög mi: »Hast du schon 'ne Fahrkarte?«
Du — wo ick al meist föfftteihn weer!
»Sprechen Sie mit mir?« see ick vörnehm un wüpp langsom op de Tehnspitzen, wat goot güng, denn ick dee mi jo boben an 'n Greep fastholln. Denn füng ick an. Ick stier de Deern an un slöög de Ogendeckels wieder daal. Se keek heel verbaast trüch, sowat vun Glöön in twee Männerogen weer ehr woll noch nich vörkamen —.
Un nu stell di vör — dor keek se nah de Siet!
As wenn ick mi sowat nich al dacht harr! Düsse Tühnbüdel mit sien Danzstunnenweten! Wat denn nu? Naja, bün ick eben 'n Schritt wieder lang gahn un heff wedder anfungen mit mien diabolisches Smachten. Jümmers rop un daal mit miene Ogendekkels, poor Statschonen, mol vun de rechte, mol von de linke Siet. Miteens wurr ehr dat woll to veel, un se fröög mi bang: »Hassu was getrunken? Das will ich dir sagn — spuck mir hier ja nich auf mein'n Mantel, du! Steig lieber vorher aus!« Dat güng mi tähmlich op de Stimmung, dat 's doch keen Art to flirten! Man dat weer noch nich allens — de wat öllere Omi an ehr Siet meen fründlich: »Wenn du nich mehr stehn kannst, mein Jung, denn setz dich man gern 'n büschen hier auf mein'n Schoß...«
Dor bün ick utstegen un den Rest to Foot gahn.

Stolt un stuur

Leest heff ick dor jo mol vun, man datt ick sowat noch sülven beleven schull – nee! Glöövst jo jümmers, dat kann blots anner Lüüd passeern, un höögst di dor womöglich noch 'n beten öber un seggst bi di: Na – is dat nich womöglich wat öberdreven, wat?
Un liekers: Wull ick doch annerlest in so 'n Inkööpscenter fohren, bi uns in de Neegte, in Volksdörp, un dor kannst jo vun Glück seggen, wenn du dor'n leddigen Parkplatz finnen deist, na egol – ick wörr wohrhaftig eenen wies. Dat heet... so ganz free weer he nich, de Parkplatz. Op düssen Placken stunn nämlich stief un vörnehm 'n echte Volksdörper Lähdie. Se stunn dor, eenfach so, mit snippsche Snuut, se weer sotoseggen dat personifizeerte »Pöh!« Keek mi streng un eernst an, schüttköpp elegant mit ehrn first class-toupeerten Baffi un wies lässig nah de Siet – ick schull mi man 'n annern Platz söken, hier stunn se!
Toeerst kunn ick dat gor nich glöven – weeßt jo, vunwegen datt ick bit nu glöövt harr, sowat kunn blots de annern passeern... op jeden Fall: Ick nudel nah 'n Ogenblick mien Finster rünner un see fründlich – bannig fründlich sogor – ick much dor, bitte sehr, geern parken, un wat se nich so fründlich sien kunn, dor 'n poor Schritt wieder lang to gahn...?
Nee, kunn se nich. Dat heet, dat see se nich mol, se keek mi eenfach gor nich mehr an, se plier stuur dörch mi dörch. Ick dreih mi noch mol gau üm – womöglich stunn dor achter mi 'n anner Wagen, un den wull se in de Parklücke laten... nee, nüms achter mi.
Also dat... dat is di denn doch...
Ick steeg ut.
Tschulligung, see ick, man dat geiht jo nu nich, datt Se hier...
Sie ham dscha gehört! funkel se mi an. Is besetzt, der Platz! Für meine Bekannte, die kommt gleich...

Jo, und? meen ick tähmlich baff, dat is doch keen Grund, datt Se hier stünnenlang düssen Parkplatz afsparrt!
So bi lütten wurr ick nu füünsch.
Öberhaupt — weet Se, datt sowat Nötigung is, wat Se dor makt? Dor köönt Se aber mol gräsig bi...
Pöh! puust se mi an, Sie sind wohl Rechtsanwalt, was? Hier is besetzt und damit basta! Pöbeln Sie mich hier ja nich an, sonst... oh — da kommt ja meine Bekannte, hat wohl 'n andern Parkplatz gefunden... Bitte — nu dürfen Sie!
Un stulzeer stolt un snippsch weg, rin in 'ne Boutique.
Wenn mi sowat passeert, heff ick 'n heel leddigen Utdruck üm de Snuut. Man düttmol seeg ick ok noch 'n Udel. Nich datt ick rachsüchtig bün, dat nich, blots... naja, — wat to veel is... un so wieder.
Mien Fründ un Hölper see ok furts, so güng dat jo nu nich un wull ehr dat stantepeeh mol düütlich verkloren! He rin achter ehr in de Boutique, ick mit. Ok he to Anfang sutje un fründlich, un wat se sick nich tominnst entschulligen wull bi mi, dat müss se doch insehn, datt...
Harrst di dacht. Hett se eenfach nich begrepen, de Lähdie. Ehre Bekannte wurr dat al aarig wat schaneerlich un se versöch, ehr goot totoreden, man de Olsch weer sowat vun obstinatsch un dösig, datt nu ok de Wachtmeister echt deenstlich wörr, so mit exakte Formuleerungen un teihn Zentimeter grötter warrn, man düsse Amazone keem jümmers mehr in Raasch, wörr luuder un krakeeliger, de Udel wull nu, ick schull driest 'n Anzeig maken, dat wullen wi al kriegen... Tügen weern dor ja noog...
Ick heff dat denn nahlaten. Don Quichotte speel ick blots in'n Urlaub, dor heff ick mehr Tiet.
Twars glööv ick nich, datt dat veel hölpt, man viellicht leest ehrn armen Ehemann dat hier un verklort ehr dat noch mol lang-som-un-suutje... Denn sowat — datt heff ick nu lehrt — sowat kunn jo sogor em mol passeern, nich?

Snack-Solo

Tüüt – tüüt; Hier ist der halbautomatische Anrufbeantworter von Hermann Bärthel. Se hebbt mi anropen. Dat harrn Se man beter nahlaten schullt. Denn ick bün nich tohuus. Wenn Se mi noch wat seggen wüllt, denn köönt Se dat nu op Band snacken. Se hebbt dor twee Sekunnen Tiet för:
Achtung – nu! Danke!
Segg sülven – is dat nich gräsig, sowat?
Willst een anropen, hest em 'n barg to vertellen – womöglich sogar aarig wat to schimpen – un denn: Nicks! Keen Opregen, keen Fluchen, keen: Se, hört Se mol to, Se, dat will ick Se mol seggen!
Büst richtig frustreert denn, un leggst den Hörer liesen wedder op de Gobel un schamst di...
Aber ick meen – hett jo op de anner Siet ok 'n erzieherische Wirkung, so 'n Anrufbeantworter: Lehrst fein totohören, denn ünnerbreeken kannst de Stimm op dat Tonband jo nich, un wenn denn dien grote »Dörtig-Sekunnen-Tiet« kamen is, denn steihst sotoseggen stramm un giffst di fix Möh, langsom un düütlich to snacken.
De Apparot dwingt den Anroper, sotoseggen »geistig Haltung« antonehmen.
Un denn hett he jo noch 'n anner Funkschoon: To'n Bispill bi mien Fründ Kurt Egon – dat weer al so richtig Usus bi em, kunnst di meist op verlaten: Wiel datt he jo 'n geselligen Minschen is un ok noch blond dorto, harr he jümmers veele Fründinnen, un de Deern, de nu för 'n poor Weeken sien Favoritin weer, de dröff denn sienen Snack op Band spreken: Hier Anrufbeantworter sowieso, zur Zeit ist niemand... un so wieder. Op düsse Ort wüß ick jümmers, mit welkeen he jüst »liiert« weer –.
Hüüt is je jo al wat öller, un de Favoritinnen drängelt sick nich mehr so bi em, hüüt sabbelt he sülven. Aber dat hett ok wat

för sick: Wenn ick sien markante Laberstimm hör, denn kann ick ennelk mol deep vun Harten to em seggen, wat he man för 'n eenmolig dummerhaftigen Quasselbüdel is – ohn datt he denn glieks insnappt, wo he doch so'n empfindsomen Minschen is –.

Man düsse Anrufbeantworters hebbt jo ümmerhen noch 'n lütten Rest vun Kommunikatschoon in sick; richtig kaputt geihst erst, wenn du mol bi de Behörde oder 'n grote Firma anropen deist – sogor in't Funkhuus is dat nich beter.

Seggt wi mol, du wullt mit Herrn Sausebrett snacken. Denn kummt erst mol de Vermittlung un seggt, datt se de Vermittlung is. Du anterst: Guten Tag, können Sie mich bitte mit Herrn Sausebrett ver...

Denn knackt dat in de Leitung, un 'n Stimm röppt: Bitte warten. Bitte warten.

Nah'n Ogenblick – du tövst jümmers noch – knackt dat wedder, un de Püppi ut de Vermittlung is wedder dor un frogt di: Wen möchten Sie sprechen, bitte?

Guten Tag, seggst du wedder, ich möchte Herrn Sausebrett...

Ach ja, antert se. Knacken. Bitte warten. Bitte warten.

Bi lütten warst du 'n beten hippelig, leggst den Hörer wedder op un dreihst noch mol de Nummer, denn dor is jo woll wat scheef lopen... Wedder de Vermittlungspüppi. Du seggst, du harrst eben al mol anropen un datt hett nich... Mit wem wollen Sie sprechen? fleit de söte Deern.

Mit Herrn Sausebrett, aber...

Knacks. Bitte warten. Bitte warten.

Nu ward di dat krupen. Du weeßt twars, datt dat keen Sinn hett, man du röppst nu luut: Hallo! Hall...

Bitte warten. Bitte warten.

Vermittlung! bölkst du nu. Verdammi noch mol, wat is denn...

Vermittlung, seggt de Strippenfee, wen wollten Sie sprechen?

Du kummst groot in Fohrt nu. Hört Se mal to, preßt du mit beberige Lippen, teihn Minuten töv ick al...

Ach, waren Sie der Herr, der Herrn Sausebrett...

Jo! Un dat hölpt mi gor nicks, wenn dor jümmers een singt: Bitte...

Knacks! seggt dat, un denn: Bitte warten. Bitte warten.
Op eenmol: Sausebrett!
Wat? Wat is dat? Di warr ick dat wiesen, mien Jung!
Nu kriggst du de Quittung!
Un du seggst luut un düütlich: Bitte warten. Bitte warten...

Egol

Wat wüllt wi Sünndag eten? frogt Ida, un ick anter, as ick dat jümmers do: Mi egol! Dat heet, egol is mi dat eegens nich, wiß un wohrhaftig nich, man blots – se hett dat so an sick, datt se mi jüst denn frogen deit, wenn ick wat anners to beschicken heff –. Egol, egol! seggt se denn ok, un füünsch geiht se rut. To de Kinner, dücht mi. Wat ward de woll seggen? Doch nich amenn wedder Pommes frites? Dat geiht nich, ick bün al dick noog!
Na, ick jo gau achter mien Fruu ran. Un ick wörr dat jüst noch gewohr, datt de Kinner seggt: Egol...
Nu deit mien Fruu mi jo leed, un ick will de Jungs mol wiesen, wat sick schickt – dor fallt mi veel wat Beters in: Kaamt mol mit in de Stuuv, segg ick, ick will ju mol wat vertellen!
Se kiekt mi mit ehrn »Oh-Mann-all-wedder?«-Snuut an un kaamt – bannig langsom – achterran.
Dat is nu nich so licht, op twee meist al utwussen Jungkirls pädagogisch intowirken; dor mutt een sick fein öberleggen, op welk Art he dat anfangt. Denn op den Anfang kummt dat op an, wenn du jem dor nich glieks to packen kriggst, denn hett dat allens keen Wert nich. Dat mutt so sien as in't Werbefernsehen: Glieks bi dat erste Bild schüllt de Lüüd to sick seggen »Oha – wat is dat denn? Schall mi jo mol verlangen, dat uttoprobeern!«
Un so frog ick miene Söhn denn mit so'n vigeliensch achtersinnig Grienen – 'n lütten Spoß to 'n Anfang is jümmers goot! – ick frog jem also: Weet ji, wat egol ist??
Se kiekt mi an. Kannst richtig unseker bi warden, so möd un fründlich as de kiekt – se tövt un hollt den Kopp scheev. Na? Na?? So is recht, nu is de Spannung woll meist nich mehr uttoholln –.
Egol is Tachuntachentig! segg ick.
Mien Jüngsten makt kott sien Muul op un wedder to. Denn schult he nah sien Broder röber.
Tachuntachentig? frogt mien Öllsten. Dat is egol –?

Is dat nu nicht slimm? De jungen Lüüd hüüt, de hebbt dor eenfach keen Geföhl mehr för, so för 'n lütten Spoß un so…
Verstaht ji dat denn nich? Ick mutt seggen, Stiesels'n Spoß to verkloren, dat is keen Vergnögen för mi! Bi Tachuntachentig is dat eben egol, wat du dat von vörn, vun achtern, vun baben oder von ünnen sühst!
Fein. Un nu? frogt mein Jüngsten. Wat schall dat?
Wat dat schall —? Nicks! Is blot so'n lütt Bispill för… för…
För wat?
Naja — ich wull ju doch wat verkloren, un… un dor…
Tachuntachentig —?
Nee, ach wat — dat weer doch blots de Ophänger, weer doch dat…
Aha. Mien Öllsten nickköppt. Un wat wullt du nu verkloren?
Goot — wenn dat denn eben nich op de elegante Tour geiht, denn so mutt ick dat mol düütlich maken: Also — dat is'n Schann ist dat, datt ji, wenn uns Mudder frogt, wat ji eten wullt, eenfach »Egol« seggt! So egol is dat nämlich nich! Dat hett mol 'n Tiet geven, dor weern de Lüüd froh, wenn se öberhaupt wat to eten harren…
In'n Krieg, nich —? frogt mien Jüngsten.
Akkrat. So weer dat. Un weet ji, wat de Lüüd dor futtern müssen??
Lebberwust 8fach, antert sien Broder, dat hest du al mol in'n Geschicht vertellt…
So — na, denn weet ji jo Bescheed. Un denn so geev dat Blootwust 8fach, un Wustbröh un keen Botter un keen Wittbroot un… un to schnopen al mol gor nicks! Wenn wi as Kinner mol wat to slickern hebben wullen, denn hebbt wi Haferflocken mit Zucker eten, oder dat Geele vun't Ei mit Zucker tohoopröhrt, oder wi hebbt Zucker mit beten Margarine un 'n poor Droppen Rum-Aroma in de Pann to Bontje kokt! So seeg dat ut!
Se schüttköppt. Ick glöv, dat hett seten.
In de Pann? meent mien Jüngsten. Mit Rum-Aroma? Denn köönt wi dat jo mol Sünndag eten —?
Un sien leeven Broder makt ernsthaftige Ogen un seggt: Üm datt

wi mol markt, wo goot uns dat hüüt geiht un lehrt, datt afsluut nicks egol is, denn egol is Tachuntachentig un dat blots, wiel dat vun vörn, vun achtern, vun baben…
Also — dat is di denn doch…! Rut!!! segg ick. Wenn ji dat partout nich begriepen wüllt, denn… denn… ach wat — mi is dat doch schietegol!
Oha…, seggt Ida, nu hest jem dat aber wiest —! Un wat wüllt wi nu Sünndag eten —?

Kunst

He keem rin. De Hoor hüngen em in't Gesicht, dat natt weer vun Sweet. Öber de Hannen leep dat Bloot, allens an em weer vull Smeer un Bloot. Seeg ut, as güng dat mit em toenn.
Da! gurgel he in sien egenartig Spraak. Segg blots, dat is nicks!
Un denn smeet he ehr dat Beest vör de Fööt.
Man se keek em blots snippsch un kolt an.
Freten, grummel se vör sick hen, dat 's ok allens, wat wi köönt! Dor achtern hangt doch noch dat grootmächtig Veeh vun verleden Week! 'keen schall dat allens opeten? Hest du denn gor keen Geföhl för wat Högeres? Wat schüllt de Minschen laterto mol vun uns Mackers ut de Steentiet denken, wenn se wies ward, datt wi blots Freten, Supen un Sex in'n Kopp harrn?
He plier ehr dösig an. Wat wull de Olsch denn nu al wedder vun em?
Se wies op de leddige, hoge Wand vör jem. Molen, sä se, dor kunnst du doch fein mol 'n lüttes Gemälde molen!
Tjä, un as se noch teihn Stünnen so wiederlabert harr, wull uns Hugo Neander sien Roh hebben un dee smucke Biller an de Wännen vun sien Steentiethöhl molen. Sien Fruu ehrn Drall to dat Schöne, to de Ästhetik, to de Kunst in de eegen veer Wännen harr em mit vulle Wucht drapen.
Hüüt, 'n poor Johr later hett sick düsse Trend afsoluut dörchsett. De wat op sick höllt, haut sien Huus oder Wohnung vull Kunst. Un wiel datt wi jo nich all Onassis oder Rockefeller oder 'n Ölmulti in de Verwandschaft hebbt, makt de mehrsten Lüüd ehre Kunst eben sülvst.
Uns Naversch harr dat mit dat Pöttern. Johrlang harr ick glöövt, datt Pöttern wat mit Pött to doon hett. Dor ist dat nu vörbi mit. In ehrn Pötterkursus is ut dat Pöttern miteens Kunst worrn. De eerste Kunst, de se makt hett, weer so'n Art Mutatschoon vun Joseph för de Wiehnachtskripp. As ick Joseph seeg, wurr ick op'n Stutz tähmlich religiös un dank den leeven Gott dorför, datt he keen

Pötterkursus afsolveert hett, ehr datt he uns Minschen ut Toon nudelt hett –.
Makramee is ok Kunst. Mi dücht, de eerste Makrameekünstler hett woll jümmers siene Schöh verlaren un denn hektisch een Knütten nah den annern in siene Stevelbänner bunnen, bit datt de Stevel gor nich mehr to sehn weern vör luuder Knütten. Mien Mudder weer in'n Krieg mol »dienstverpflichtet« worrn un müss an de »Heimatfront« Handtaschen ut Tüdelband knütten, wat so'n Vörlöper vun dat Makramee weer. Nah twee Taschen harr se üm een Hoor 'n Verfohren wegen »Wehrkraftzersetzung« an'n Hals kregen, denn de Taschen seegen so ut as hüüt de Kunst bi dat Makramee.
Welk Künsters glöövt ok, se molt. Wenn se dat eerst Geheemnis vun de Molkunst mitkregen hebbt – also datt Biller veer Ecken hebben mööt, denn makt se de Tapetenfabrikanten brotloos. De Biller hangt dicht bi dicht an de Wannen, un de Finster sünd 'n Argernis ut twee Grünnen: Eenmol för den Moler, wiel datt he dor keen Bild ophangen kann, un tweetens för de Nichtmolers, wiel datt de Finster Licht rinlaat, to de Biller an de Wannen...
Un denn jo Emallje. Smuck ut Emallje is Kunst ut Versehn. Denn dat, wat de Künstler vörher mit Farvpuder oder Farvbrie op de Iesen- oder Kopperplacken komponeert, süht achteran, wenn dat ut den Brennofen kümmt, heel anners ut – mennigmol sogor goot. Fröher hett Ida mol sowat makt un eerst wedder ophört mit ehre Emalljepräsente, as uns Frünnen uns nich mehr inladen deen.
Süh, un annere düütsche Künstler knütt Perserteppiche, molt op wehrlose Buurnschäpp giftigklörige Blomen, welk klevt sogor 'n Tweedusend-Stück-Puzzle för de Ewigkeit in de gode Stuuv, un ick – ick heff nu wedder 'n plattdüütsches Kunstwark ut mien maladigen Brägen sogen; man dat kannst tominnst nich an de Wand bummeln oder op de Finsterbank stellen – is denn also echten Fortschritt, nich?

Knipskunst

Hüüt, jo hüttodaags is dat jo keen Kunststück mehr — wenn ick dor an fröher denk... dor muttst du al echt wat loos hebben, wenn dat wat warrn schull! Lüürlütt beten Tatterhannen, un allens weer för de Katt. Un de Sünn müss ok mitspeelen, Tant Anna ehrn Baffi fein stillholln, anners wurr dat Kunterfei to duster oder de leeve Tant harr 'n Kopp as 'n Monster. Man düsse modernen Fotoapparate, de dat hüüt gifft, de nehmt di jo allens af, de makt sogor dor noch Biller, wo du sülvst al nicks mehr sehn kannst — allens automatisch. Brukst blots noch kott dörchschulen, op 'n Knopp drücken — fardig. Un liekers — wenn ick mi so ankieken do, wo so mennigeen mit düsse Knipseree tokehrgeiht... würklich gediegen —.

Schuld hebbt seker de Profis, wenn de dor mit jem ehre Moddls an Rümhanteern sünd in de Studios... dor makt se jüst so afartige Verrenkungen as de Deerns, de se fotografeert: Mol liggt se op'n Rüggen, mol staht se as rechten Winkel, un is eben allens blots wegen de Kunst, un Kunst is nu mol nich licht — al mol gor nich in so'n Studio un denn noch mit Moddls.

Süh, un dat hebbt sick nu de Millionen vun Hobbyknipsters afkeken, un is denn so keen Wunner, wenn de Dokters hüüt so veel mit Hexenschuß to doon kriegt.

Mien Fruu ehr Süster hett dor jo gräsig mit to doon — mit ehr Krüüz un mit de Kunst bi't Fotografeern. Ümmer un ümmer wedder heff ick ehr seggt in Urlaub: Regina, laat dat nah, mit dat Verdreihen vun dien'n Boddieh, denk an dien Krüüz, dat sünd de schönsten Biller nich weert! Aber nee, all neeslang müssen wi anholln mit'n Wagen un se denn rut mit ehrn Apparat. Nich datt se dor nu keen Blick för harr, för so'n starkes Panorama, dat nich, man kunn se dat nich eenfach knipsen un wedder instiegen? Nicks, du, tovörderst hett se mol de twintig, dörtig Quadratkilometers ankeken, as kunn se dat nich glöven, datt dor Bargen staht; denn is se tominnst fievhunnert Meter weglopen, wiel datt dat

Panorama vun dor seker noch veel panoramiger utseeg, un denn hett se de schottschen Hailänds sotoseggen drapeert as so'n Florist — also nich so'n simpeln Blomenbinner — as de dat mit sien'n Rükelbusch makt. Se hett mi verklort, blots Bargen to knipsen, dat is nicks; vörn in dat Bild hört 'n Boom hen, 'n Strünken — egol, wat. Hauptsaak, op dat Bild is denn vörn un achtern to sehn, anners is dat keen Kunst. Un wenn narms 'n Strünken rümsteiht, denn hollt se wat anners vör de Lins. So, dat weer dat Arrangschemang. Nu aber de Blickwinkel! Ick, as dösigen Knipser, harr jümmers glöövt, dat weer eendoon, wat du nu de Bargen 'n Meter deper oder höger opnimmst — wenn du jem so ankiekst, denn geihst du jo ok nich in de Knee, un sehn kannst denn ok nich beter. Man dat 's Tühnkraam. Eerstmol stellt sick Regina in de Hocke, wat jo al mol nich kommodig is, denn hollt se de Automatikkamera — de sick wiss 'n Kringel in Buuk lachen dee, wenn se dat kunn — se holl ehr vör de Ogen un denn... langsom böögt se Schullern un Kopp trüch, datt du meenst, nu kippt se glieks üm, ehr Hals wannert nah links, de Apparat mit, un denn, denn kümmt de künstlerische Höhepunkt: Se drückt vörsichtig op den roden Knopp! So, nu is't passeert. Nu hett se Kunst makt. Wiel datt dat so swore Kunst is, bi all de riskante Akrobatik, dütthalven blifft se noch 'n Ogenblick so stahn. Villicht is dat ok nich so licht för ehr, dat krumme Lief wedder in de Vertikole to rücken. Oder se hett Bammel, de Bargen löppt ehr wedder ut'n Kasten, bi ruckartige Bewegungen.

Un dorbi is se jo man noch 'n harmlosen Fall — se knipst jo blots mit een Apparat op mol. Gifft Kräcks, de hebbt twintig lütte Leddertaschen vör de Gurgel bummeln un sünd denn nich blots Fotografen, de sünd denn vör allen Entfesselungskünstler.

Aber Spoß maken mutt dat Knipsen jo, ok bi all düsse Torturen... sünnerlich achteran, wenn de Knipsers ehre armen Opfer de dreehunnert Biller wiest — kiek di mol Lüüd an, de dreehunnert frömde Bargen ankieken mööt! Wenn dat keen Spoß is...

Partner-Tuusch

Dat ward nu bi lütten 'n Problem mit Peggy, sä he, op de een Siet is se egolweg achter Pralinen ran, un op de anner Siet, wenn se mol 'n beten lopen schall, denn makt se glieks slapp...
Bi Dora is dat annersrüm, meen de anner, de is sowat vun krüüsch — ick weet gor nich, wat ick noch köpen dröff, se lett allens stahn, un jümmers un jümmers mutt se in 'ne Gang sien!
Jo, jo... se nickköppen beid, licht hebbt wi dat nich mit de beiden —.
Se seten vör mi in 'n Bus, twee Mannslüüd üm de Föfftig.
Un dorbi heff ick doch wiss un wohrhaftig allens doon för ehr, füng de een wedder an.
Hest du, hest du, stimm sien Naver em to, dat kann ick betügen, du hest dor keen Schuld an — mehr kannst nich doon för ehr... aber ick ok nich för Dora! Is 'n Krüüz mit jem, wenn se so in de Jahren kaamt...
De mit Peggy keek em an: Segg mol — un wenn wi eenfach mol tuuschen —? Du mol mit Peggy 'n Tiet, un ick versök dat mol mit dien Dora —?
Weet nich, anter sien Macker, wenn se ok 'n hippelige Jule is — wennt heff ick mi jo doch an ehr, so mit de Johren... man du kannst driest mol mit Peggy vörbikamen, de beiden verstaht sick jo heel goot, un wenn ick mit ehr torechtkumm, denn versök ick dat mol mit de twee tosamen, un du kannst di denn 'n beten verhalen vun ehr...
De Bus holl an, de Kirls stegen ut, achter sick trocken se Peggy un Dora, de fründlich mit 'n Steert wüppten.

De Kenners

Ick bün jo man 'n eenfachen Slucksüper. Wenn ick Dost heff, drink ick Beer, wenn ick keenen Dost heff, Kööm.
Blots Wiehnachten, oder mol seggen, dor kummt Besök, un du weeßt, de is höllsch vörnehm, denn geiht dat Drame jo los: Denn mutt ick Wien köpen. Un dat is jümmers wedder 'n gräsigen Schock för mi, to sehn, datt ick jo woll de eenzige bün, de dor keen Ahnung vun hett –. De anner Lüüd hebbt so'n Vörsprung in düsse Wetenschaft, datt ick gor nich weet, wo ick anfangen schall.
Klor – witten un roden Wien, dat kann ick utnannerholln, un dor twüschen gifft dat ok noch Wien mit 'n rosa Klöör; aber de is woll nich so goot, is woll blots verpanschten Roodwien –. Un ok dat mit de Temperatur heff ick fix lehrt: Dröffst den Wien nich to de Köömbuddel in dat Gefrierfach packen; dat klötert denn achteran so in't Glas un is nich de feine Art denn – wenn 'n ok seggt, den Wien schallst bieten... aber doch nich so grote Stücke! Överhaupt kann jo ok de Buddel platzen, un dat es denn Swienkrom un gefährlich vunwegen de Scherben.
Sworer ward dat al, wenn ick mi överlegg, welken Wien to wat för'n Eten – gifft jo enerwegens so'n Snack... »Wenn dat Fleesch dunkel is, mutt de Wien hell sien...« – oder weer dat annersrüm –? Un to Fisch afsluut keen roden Wien, glööv ick, dor passt denn blots wat vun de Mosel oder vun'n Rhein... worüm dat woll nich so veel Elvwien gifft, muck ick weten... is de Elv nich jüst so'n goden Fluß as de Rhein, wat? Hebbt de Winzers an de Elv woll pennt domols, as se de eersten Buddels affüllt hebbt –.
Kannst aber mol an sehn, wo swor dat is, Ansluss to finnen, wenn du eerst mol achteranbummelst. So geiht mi dat, wenn ick tohören mutt, wo Wienkenners an't Snacken sünd – kunnst glöven, de sünd al besopen, ehr datt se 'n Druppen drunken hebbt! Seggt to'n Bispill, de un de Wien is »erdig«! Is doch woll 'n Schann,

sowat, nicht? Harrn se de Druven nich vörher beten afwaschen kunnt, wat? Is doch unappetitlich, mit Eer in'n Wien!
Un denn – »Charakter«! Hett »Charakter«, de Wien, seggt se! Hehe, wenn de Winzer Charakter hett, dat kann ick jo noch verstahn, ok wenn he vun de Mosel is... man de Wien –?
Un dat geiht jümmers so wieder: »Fülle« – as wenn 'n fulle Buddel nich jümmers full is! Ach, un denn: »Trocken« – dat mußt di mol vörstellen... 'n dröges Natt! Nu kummst du! De spinnt doch! Un sünd eernst dor bi – nich datt dat 'n Jux is oder so, hett mit Pläseer nicks mit to doon!
Dat markst ok furts, wenn di ankiekst, wo de den Wien drinkt: Eerstmol geet se sick jo nich so'n starken Humpen in as ick, nee, blots eben halfvull oder nich mol dat, denn so haut se ehrn Nüschel rin in dat Glas un snuppert, hollt dat gegen Licht un kiekt woll, woveel Eer dor in swemmt, vunwegen de Erdigkeit, un denn, wenn du meenst, nu slabbert se aber op los, denn blots beten mit de Lippen rin – so as bi uns tohuus, wenn Ida wat Nieges kookt hett – un dat lütt beten Wien, also dor makt de 'n Weeswark üm, dat hollst nich ut! Den lütten Sluck, den jogt se in't Muul rüm, as harrn se 'n wilde Weeps dor binnen, un kaut denn dor op – lachhaftig is dat doch, kummt mi vör as Schattenboxen! – un wenn se den Druppen denn bit in de Nebenhöhlen ropspöölt hebbt, denn – weeßt wat – denn speet se em wedder ut! Un nich, datt jem dat nich smeckt hett, nee, seggt denn sogor, dat weer 'n »groten« Wien! So'n lütten Druppen un denn 'n groten Wien!
Nee, ick glööv, dor kumm ick nich mehr achter –. Aber mag jo sien, de Wienverstand kummt so mit de Johren, so as de griesen Hoor... denn eegenortig is dat jo – Lüüd, de in ehr Jugend heel normal west sünd, also – vun hüüt op morgen sünd de Wienkenners! Un grient mi blots minnachtig an, wenn ick de Boscholeebuddel mol düchtig schüddel – dat do ick mit den Appelsinensaft doch ok jümmers! Denn dat is doch nich fair: De een kriggt all den dünnen Plöör vun baben ut de Buddel, un de annere all dat Dicke vun ünnen...
Nee, »in vino veritas« – un dor schüllt se denn ok all wat vun afhebben – is't nich so –?

Püschologie

Jo klor, dat gifft jo veele dicke Böker öber Minschen un wo se sick bedregen doot in de ünnerscheedlichsten Situatschoonen, öber ehre Egenorten, de goden un de slechten, man wenn ick mi dat recht bedenken do, denn brukt een düsse Böker gor nich to lesen, wenn 'n de Minschen kennenlehren will — dat eenzig, wat he doon mutt, is, sick mol an 'n kolles Büffet to stellen. Is sotosegen 'n Intensivkursus in Püschologie, den du denn avsolveerst.
Op uns lest Urlaubsfohrt nah England wullen Ida un ick mol fein spachteln gahn op dat Fährschipp un sünd op dat Restaurant losstüürt, 'neem 'n kolles Büffet opbuut weer. Vör 'n Ingang stunnen so an de veertig, föfftig Minschen — dat heet, tominnst von 'n wieden segen se so ut; as wi wat neger ran keemen, full uns op, datt 'n sünnerbor Verwannlung mit jem passeer: De ganz achtern in de Slang stunnen, parleeren noch fidel — se kunnen dat Büffet nämlich noch nich sehn. Beten wieder vörn wurrn se al wat liesen un keken tähmlich stief nah'n Ingang hen, leeg so 'n Art Spannung in de Luft, as op'n Sportplatz, vör 'n Hunnertmeterloop. Vörn an 'n Ingang denn, vör de Kass — dat lange Büffet leeg nu al in sien ganze Pracht vör jem — dor kunnst jem meist nich wedderkennen: Se trocken nervös de Lippen rop und rünner, een füng al apartig an to säbern, 'n vörnehm Lady snapp nah Luft as 'n Fisch op Land, un all drängeln se mit stieren un feverigen Blick nah de lukullische Orgie op de Kass to, betohlen as in Trance, un du kunnst meist glöven, se wurrn sick glieks mit'n Hechtsprung mang de Höhnerbeen un Salote flenzen un mit de bloßen Finger allens in sick rinstoppen.
Man deep binnen harrn se woll doch noch 'n lüürlütten Rest vun Benimmdi un langen sick denn mit Flatterhannen 'n groten Teller, Gobel un Meß. Aber denn! Mi dücht, de mehrsten vun jem harrn tolest Wiehnachten wat to fuddern kregen — se keemen mi vör as düsse indische Göttin mit de veelen Arms oder as Polypen in Äkschn; se snippeln, harken, schüffeln un kratzen op de Platten

un Tellers rüm un harrn jo woll all ’n Magen ut Isen: Fetten Aal, Schaschlik, Käs, Muscheln, Arften, Mayonnais, Kantüffeln, Braten, Sooß, Mixed Pickles, Druven und Melonen – allens rop dormit un gau weg mit de fiev Pund op ’n Teller; kunn jo een kamen un jem dat wedder wegnehmen! Denn kauen un slöken se wütig op los, keken twüschendörch hektisch wedder op de emsige Baggerkompanie an dat Büffet, un denn – seten se op mol still.

Denn op de linke Siet plier de gröne See to ’n Finster rin.

Ogenblick later op de rechte.

Denn wedder op de linke.

An den een’n Disch lett de eerste kraftlos de Gobel fallen. Vun ’n Chamäleon kennt wi dat jo, datt dat miteens de Farv wesseln kann, bi’n Minschen is mi dat noch nie nich so opfullen. Dat rosige Sluckwunner weer vun een Sekunn op de annere witt üm de Nees un kreeg denn langsom so ’n feine gröne Klöör in’t Gesicht, datt du meenen kunnst, he keem vun annern Steern. He keek noch twee –, dreemol to dat wunnerbore Seepanorama an de linke un rechte Siet, un denn slöög he gau de Hand vör’n Mund, as harr he wat seggt, dat he beter för sick behollen wull. Man wat he för sick behollen wull, dat weern wiss keen Wöör, denn de sickert jo nich mang de Finger dörch, nich? He jump hoch un pees mit grote Ogen – nu harr he al twee Hannen vör’t Muul – nah buten.

Dat weer dat Startsignol för de annern. As op Kommando stunnen överall gröne Lüüd op, all mit de sülvigen ruckartigen Bewegungen, un denn nicks as rut.

Op mol weer fein Platz in den Sool.

Keeneen stunn mehr üm de kollen Platten rüm, un Ida un ick – wi ward jo nich so licht seekrank – hebbt uns vörnehm un sinnig delekteert, stünnenlang. Ennlich bruken wi mol keen Angst to hebben, datt uns een de besten Stücke vör de Nees wegsnappt.

Un so sorgt wi denn dorför, datt de ahnungslose Macker, de sick so siene Gedanken makt över Haie üm’t kolle Büffet, denn seggen kann: Gottlov – tominnst twee anstännige Minschen!

Bloots tohuus besöken dröff he uns nich, denn geiht em sien Weltbild wedder in de Binsen.

Souvenirs un keen Enn...

Naja, nu sünd wi jo bald wedder so wiet un kaamt trüch ut'n Urlaub mit düsse wunnerboren Souvenirs ut Ibiza oder Dackelsdörp, wo de Opfer denn so'n starres Grienen bi kriegt un denkt denn furts an Wiehnachten, vunwegen Juulklapp, oder laat dat glieks liggen in de U-Bohn. Man ick meen, so eenfach mit 'n fründlichen Ekel ankieken, dor is dat jo nich mit doon; mußt di doch ok mol öberleggen, wat dor allens mit vermakt is! De Lüüd kööpt düsse Abartigkeiten jo nich, wiel datt se di een bipulen wüllt, nee, sünd doch in 'ne echte Notlaag! Hett jem doch al meist den ganzen Urlaub vergruult, düsse Sökeree nah dat Eenmolige, dat Originelle, un hebbt nu al de Büx vull, wiel dat se Bammel hebbt vör dien gnadenlose Revangsche ut de neegsten Ferien!
Also mi hett dat keen Roh laten, un as ick annerlest 'n poor Daag an de See weer, heff ick mi mol gründlich ümkeken in so 'n groten Speziolloden för Souvenirs –. Wat du so in'n Vörbilopen wieswarrst, sünd jo blots Schüffeln för de Standborgen, lütte Schachteln mit büntklörige Muscheln op un Postkarten in Bontjefarven mit Feriengröten ut dat Nordseebad Sankt Sowieso. Man denn binnen – is dat reine El Dorado! Vun 'n poor Penn bit to 'n poor hunnert Mak nicks as Souvenirs – oder wat se dor to makt hebbt. Tovörderst dee ick mi jo för de Muschelkästen interesseern, de dat jo woll al in't Middelöller geven hett. Sünd sogor noch hüüt Renners, sä de Inhoberin; un dat kann ick mi ok goot vörstellen, denn Muscheln mit so 'ne maladen Klöörs sünd seker 'n Art Mutatschoonen, also op Schooldüütsch »Sprunghafte Veränderung der Erbanlagen«, un hangt denn allens mit de Ümweltverschmutzung tosamen, un dor snackt se hüüt doch allerwegens vun –. Man noch beter gaht jo »Macramee-Arbeiten« oder, wenn du so wullt, Tüdelbänner mit Knütten in. Kannst di dat knüttelige Tauenn tohuus an de Wand bummeln un hett denn 'n echt maritimen Tatsch. Is ok praktisch – bruukst nich eerst to See to fohren, warrst al seekrank, wenn düsse bunten Pseudostrippen ankiekst.

Och, un denn jo de sinnigen Snacks, de se öberall opkliert hebbt — op Tellers, Buddels, Kacheln, Biller un wat weet ick noch allens. Besünners düssen feinen Rentnertroost finnst allerwegens: Et gah uns woll op unse olen Daag! Wenn di dat jeden Dag ankiekst, glövst dor tolest noch an un argerst di nich mehr so, wenn de Renten jümmers achter de Priesen ranbummelt —.
Oder ünner'n markigen Jan Daddel mit Piep un Südwester steiht: Hier ward nich bidreiht, ward nich refft, bit wi dat Ziel tofaten hefft! Dor hollst di aber beter nich an — de Seenotrettungsdeenst hett al noog to doon. Beter finn ick al: Ogen op, holl rechten Kors, sonst suupst du af un büst in Mors! Dat is seker 'n goden Ratslag, wenn ok beten düütlich. Sogor vör Martin Luther hebbt se nich Stopp macht: Aus einem verzagten Arsch kommt kein fröhlicher Furz! Also, ick meen, dat geiht to wiet — wenn di överleggst, wat du in de Kurorte för dien suur verdeente Piepen to eten kriggst, denn is dat keen Wunner, datt du 'n verzagten A... also büst denn nich mol mehr achtern fidel.
Man kannst jo sachts wat anners finnen, de Utwohl is jo groot: Seesteerns, Krabben, Schullen, Seeigel, Seepferdchen — allens op Hochglanz lackeert un so lebennig as Kuddel sien Holtbeen; Buddelschipp, Lantüchten, Stüürrööd, Messingbimmels un Chronometers — 'n kumplette Schipputrüstung hangt dor rüm, un hörst denn richtig Pin Wang Li mit sien Heimarbeiterfamilie in Hongkong, wo se di toröppt: Auf Matlosen, ohe! Es luft di wilde See! Nee, mol eernsthaftig — ick will mi wiss nich lustig maken över düssen Souvenirrummel — ick finn dat goot, datt de Lüüd sick dor de lackeerten un kunstvull trechtsnippelten Drööm köpen kööont. Denn wat blifft di al, wenn du ut de Ferien trückkummst: Sünnbrand, Hotelreken un 'n leddig Konto bi dien Sporkass. Dor is dat doch wunnerbor, wenn du dien Buddelschipp ankiekst un sutje losseilst, in de Ohren Mövenschrien un Wellenslag... Un kümmt nüms, de di ut dien Droom ritt mit »Die Kurkarten bitte!!«

Un dat jüst mi!

In dat lütte Postamt is deepen Freden. Achter een Schalter sitt 'n Beamtin un hett nicks to doon, süht heel rieläckst ut. In dat anner Kabuff, 'neem ick henmutt, sitt 'n Beamten, vör em steiht 'n Japaner. Wunnerbor, denn geiht dat jo fix.
De fründliche Japaner gifft 'n Telegramm op.
Nah Tokio? Interessant.
Dat Telegramm is op japanisch schreven, de Postbeamte kann keen Japanisch, wo schall he ok. Un lang is dat... De Beamte tellt de Wöör. Tweeuntachentig Mark un twintig – Hauoha! Achter mi steiht nu de nächste Postkunn. De Japaner betohlt un grient, de Beamte grient nich, he bookstabeert al de enkelten Wöör. Nummer Dree stellt sick an. Uns japanischen Smaili nickköppt noch mol un geiht. De Beamte schüttköppt un geiht ok – nah achtern. »Augenblick bitte, ich muß das Telegramm eben durchgeben.«
Aha. Wi sünd nu veer in de Slang. Japan... Telegramm, mol eben so... jojo, de Welt is lütt –. Nummer Fiev hört wat vun Japan un hollt dat nich för good, datt wi nu al japaansche Postbeamten hebbt; keen Wunner, datt dat so lang duuert. Söss un söben meent, de rieläckste Deern vun Schalter Twee kunn doch driest mol an Schalter Een...? Nee, dröff se nich.
De Beamte telefoneert achtern, he bookstabeert Woort för Woort. Nah'n halb Stunn is dat lütte Postamt vull, all töövt se op Schalter Een. De Postlady geiht nu nah achtern, Koffee koken. Vörn kookt de Volksseel. Dat möögt se lieden: 'n japaanschen Postbeamten, un makt sick achtern mit sien Kollegin 'n vergnögten Vörmeddag! Kannst hören, wat he dor japaansch parleert? Segg ick doch – unerhört!
Nah veertig Minuten is allens vörbi, de Postmacker kummt trüch, is gor nich japaansch, grient mit 'n roden Kopp un seggt wat vun »alle Jubeljohr«. Un dat jüst denn, wenn ick mol to Post gah. Also morgen fleeg ick nah Tokio un geev dor 'n Telegramm op! Op düütsch!! De warr ick dat wiesen!!!

His master's voice

Also för mi harr dat jo al fröher wat Grugeliges an sick, mit düsse gediegene Mama-Blarreree —. De Poppen meen ick. Kennst doch seker ok — dat weern so Poppenmonsters, de, wenn du jem daalleggen deest, de Wackelogen toknepen un quäkig »Mama« repen. Ick harr as lütten Jung jümmers Bammel, de Popp kunn eendags statts »Mama« mol seggen: »Gihp mich mah ein von deine Bontsches ab!«

Jo, un egentlich is dat ok so bleven — ick heff ok hüüt noch'n snaksches Geföhl bi düsse künstlichen Stimmen —. De Lachsack to'n Bispill, dor kunn ick mi nie nich an wennen... mien Fründ Kurt-Egon harr domols so'n Ding, un wenn he bi't Schachspeeln mol tegen mi wunnen harr, denn stell he den Lacksack an... un ick meen, dat weer jo noch 'n Stimm vun't Tonband, glööv ick, düsse Stimmen hebbt jo noch 'n Tatsch vun Minschlichkeit an sick.

Man nu gifft dat jo siet'n Tietlang sogor Computer-Stimmen! De hebbt mit Minschen so wenig to doon, as ick mit Helmuth sien Aftershave. Wat dor noch op uns tokümmt, dat mag ick mi meist nich utmolen. In de Autobrangsch hebbt se al richtig 'n Jieper op düsse Computerstimm un buut ehr al in de düren Luxuskaleschen in.

Also wenn ick mi vörstell, mi sabbelt bi't Fohren egolweg een an, un denn ok noch jümmers mit de sülvigen Wöör in de sülvigen Situatschonen mit de sülvige Roboterstimm — un kannst de Stimm denn jo nich mol afstellen! — dat wurr mi heel meschugge maken.

In Tokunft ward se dat woll seker beten individueller maken un sick mehr op de Persönlichkeit vun den Fohrer instellen, also bi'n vörnehme Lähdie villicht: Gnä' Frau, der Modetrend in diesem Frühjahr bevorzugt dezente Illuminierung Ihres Fahrzeuges bei Nachtfahrten! Zum Beispiel hinten Rot und vorne Weiß!

Oder bi de junge Generatschoon: Ganz cool bleiben, Alter – dein Trip auf drei Rädern is echt affengeil!
Un för de Mannätscher-Typen: Vereinigte Bremsleitungen – Tendenz fallend – der Markt verhält sich abwartend – jetzt ins Bremsflüssigkeitsgeschäft einsteigen!
Süh, un wo fein güng dat in'n Huusholt! Dor kunn dat doch sogor op de humorvulle Wies sien – stell di vör, du kümmst an dien Köhlschrank vörbi, un de Computer denn fidel: Hallo, du süße Klingelfee! Mein Eisfach ist schon ganz voll Schnee!
Oder: Drei Tage war der Kühlschrank krank, nun stinkt er lieblich, Gott sei Dank!
Oder ok beten wat makaber: Wie wärs mit Schimmel, Salmonellen und saurer Milch? Seit einer Woche bin ich stromlos, blöder Knilch!
Sowat makt doch Stimmung, finnst nich ok?

F. d. H.

Wenn wi uns mol so dropen doot, miene ollen Mackers un ick, denn fuchst mi dat jo wedder un wedder, wenn ick mit ankiek, wo lustig Herbert an to spachteln fangt!
Klor, ick lang ok to – man dor is doch 'n Ünnerscheed bi: He kann eten, wat un woveel he will – egol, de Kirl ward nich dikker! Ick bruk blots 'n fein Eten to snuppern un nehm al 'n Pund to. Un sogor Nougat un Marzipan makt em nicks ut!
Mann, wenn ick so trüchdenk – fröher heff ick mi af un an 'n half, wat segg ick: 'n vull Pund Nougat mit Nööt in köfft un ganz alleen opmampft; dat weern noch Tieden!
Dat is jo nich so, datt ick nu 'n haltlosen Minschen bün un bi elkeen Verlockung glieks mit knatternde Seils op los – wat dat angeiht, so heff ick mi tämlich ünner Kontrolle un bliev fein op'n Padd – höchstens mol 'n lütte Umleitung, man anners...
Blots mit de leiblichen Genüsse, mit den Magenkettel, de Sluck- un Smeckvergnögen, dor do ick mi swor mit. Wat heff ick allens versöcht! De Diäten, de ick al utprobeert heff, also dat löppt meist al op »Selbstkasteiung« rut.
Besünners bedrohlich wurr dat jo mit de Eierdiät, de mi Anna mol ansnackt harr. Blots egolweg Eier eten, dree Daag lang, un denn so sutje ok mol wat anners dorto.
Den ersten Dag fungen wi – se wull dat Experiment ut Neeschier un Sympathie ok mitmaken – wi fungen also morgens an: Dree Eier, so as ick se gern heff, nich to week un nich to hart, dorto 'n Tass swatten Koffee.
Dat erste Ei dee goot smecken, blots beten nüchtern – so sünner Solt; bi't tweete kunnen wi goot 'n Schiev Broot verdrägen, man dat rutsch ok so; Nummer Dree kreeg de Tass Koffee achteran, un so harren wi jo de erste Runn wunnen.
Meddags wüß ick jo al, wat dat geven schull, un wi hebbt uns denn ok fidel över de dree Eier hermakt, düttmol harte Eier, vunwegen de Afwechslung. As wi bi dat drütte Ei weern, meen Anna, se wull

mol'n Ogenblick töven, un dor harr se jo recht mit, denn wenn di dat an besten smeckt, schallst jo ophören. So hebbt wi dat drütte Ei denn nahmeddags eten, statts Koffee un Koken –.

Dat Obendbroot keem mi bannig fröh vör, wenn dat liekers ok al Klock negen weer –. Wedder dree Eier. Ick bün mit miene dree Eier rutgahn, denn Anna kreeg so'n stieren Blick bi't Eten, un datt mutt jo nich sien, tomol ick jo ok nich so'n starken Smachter op miene dree Eier harr.

Ick bün denn heel ernsthaftig nah Huus gahn, denn negen Eier gaht di bannig an de Nieren!

Un nich blots an de Nieren. As ick Ida »Goden Obend!« sä, wank se torüch, as harr ick ehr eenen mit 'n Hammer vör'n Kopp ballert.

An düssen Obend weer mien Familie egenartig möd, se güngen all bannig fröh to Bett –.

Annern Morgen weer ick wedder bi Anna to'n Fröhstück. Düttmol harr se weeke Eier kokt, un dat erste Ei sluck ick in een Stück dal. Se keek mi to un kreeg beten beberige Lippen.

Denn heff ick 'n langen Spazeergang makt un ünnerwegens noch een Ei verdrückt. Dat drütte is mi enerwegens afhannen kamen.

To Meddag harr Anna wedder söss Eier kokt, steenhart nu, man as de Eier so vör uns legen, keken wi uns stumm an, jumpen hoch un sünd in dat nächste Restaurant peest: Roastbeef, Bradkantüffeln un Arften – blots keene Eier!

Afnahmen hebbt wi nicks, tosett ok nich.

Un so weer dat ok mit de anner Diäten. Mol keen Broot, also keene Kohlehydrate; dat güng solang goot, as bit ick mark, datt Snaps ok Kohlehydrate hett. Mol blots Zwieback – dat weer gräsig, kannst licht to Dood bi kamen: Düsse Krümel, kannst di gor nich noog wohrschauen, datt de nich in de Luftröhr kriggst – un pieken deit se ok, sünnerlich in'n Bett –.

Tjä, also wat denn nu? Weet Se nich wat?

An'n besten mit beten Köm, beten Nougat un beten Koken – blots 'n beten! Aber veel afnehmen! Sogar Sport drieven wurr ick – Angeln, Billard, Schach, ganz egol...

An mi schall dat nich liggen...

Sammelsurium

Wunnerschönen Dag, leeve Lüüd! Tjä, nu kummt jo al de Harvst so bi lütten in't Land un de Daag ward kötter un kötter un denn so jo de Obende länger un länger, un dat is denn jüst de rechte Tiet, sick fein kommodig in de Stuuv to setten un denn – wat fangt wi denn woll an, wat? Na –? Tjäwoll, dat is dat – denn geiht dat wedder los mit de Sammelee! Denn dat Sammlerhobby is jo wunnerbor för de kaputten Nerven, de du di in'n Urlaub halt hest un makt wedder 'n freedfardigen Minschen ut di, un nich mol mehr dat Televischnprogramm kann di denn wat andoon –.

Man de Fraag is jo: Wat kann 'n denn nu allens sammeln?? Also, dat kannst gor nich optellen, so veel gifft dat, för jedeneen is dor wat mit bi! Un blots so as lütte Anregung heff ick 'n Macker inladt, de 'n paschoneerten Sammler is, üm datt he uns mol so'n beten wat vertellt öber sien grotartiges Hobby, un dat is – ick dröff mol vörstellen – Gustav Dünnbeen, oder ok »Billet-Guschi«, as em siene Frünnen nömt...

– Hehe, dat möögt Se woll seggen, Billet-Guschi, jo, de bün ick...

– Jo, un wat is dat nu, wat Se so sammelt, Herr Dünnbeen?

– Na... Billets, nich? Also – Fohrkorten, will ick mol seggen...

– Süh so – un wat för Fohrkorten? So ut Frankriek, Amerika, China oder so? Oder 'neem kriegt Se de her?

– Nee, jo... och, allerwegens... man China nich, nee, dor kumm ick jo nich hen mit miene Hamborger Monatskort, nich?

– Aha, Se kööpt sick de Billets nich sülvst, wat?

– Nehe, dat nu nich, hehe, ick nehm se eenfach so mit, wenn ick welk finnen do – an de U- un S-Bohnutgänge, de Bushaltestellen...

– De ollen Fohrschiene –? Is dat nich 'n beten langwielig – ick meen, dor gifft dat doch nich veel ünnerscheedliche Billets...

— Hoho, se seht Se aber ut! Alleen op de U-Bohnlinie vun Garstedt nah Ohlstadt gifft dat fievunveertig Statschonen, un vun elkeen Statschoon heff ick tominnst twee Pund Fohrkorten...

— Twee Pund —??

— Jo klor, un mußt di jo mol vörstellen — dat gifft eerstmol dree Hochbohnlinien, fiev S-Bohnlinien, meist över hunnertveertig Buslinien, — vun de Nachtbustouren will ick gor nich snacken, dat is 'n Stremel för sick, denn ick bün jo nachtblind, nich...

— Oh Gott, nee, hollt Se op...

—...un denn noch de Alsterdampers, de Fährscheep in'n Hoven...

— Minschenkinners — woveele Billets hebbt Se dor denn al tosamen —?

— Och, tjä... dat kann ick so op'n Stutz gor nich mol seggen... in 'n Keller heff ick woll so an de twintig Zentner, nich...

— Dat is jo nich möglich!

— Doch, un op'n Böön... na, is woll ok so üm den Dreih rüm — un denn jo noch Doubletten, nich, man de heff ick in mien Schrevergaarn...

— Nich to glöven — un in de Wahnung, woveel hebbt Se dor?

— Nicks! Neeneenee — in de Wahnung nicks! Dor sammelt mien Fruu...

—Ehr Fruu —? Sammelt de ok Fohrkorten —??

— Nehehe, dat wär jo woll 'n beten albern... mutt doch ok noch wat anners geven, nich, jo...

— Un wat sammelt de?

— Buddels, leddige Beerbuddels.

— Nee!!

— Doch. Man de sammelt blots de Buddels vun eene Marke...

— Worüm dat denn —?

— Se seggt, anners wurr se in Tüdel kamen. Se sammelt lever de Johrgäng — also negenteihnhunnertföfftig bit -sösstig liggt in de Stuuv, de sösstiger Johren an de Slaapkamer, un vun Negenteihnhunnertsöbentig an hett se Kööк un Spieskamer vullpackt, un nu hett se den Lokus bi'n Wickel...

— Mann — nu seggt Se blots mol... 'neem wahnt Se denn noch —?

– Wahnen... och, dor hebbt wi jo gor keen Tiet för, wi sünd doch jümmers op Achse, to'n Sammeln, nich...
– Tjä, dor köönt Se mol sehn, leeve Leser, wat dat Sammlerhobby 'n Minschen utfüllen kann – denn man also veel Spoß...
– He... hallo – ick heff Se ok wat mitbrocht...
– Mi – ?
– Jo, buten staht twee Containers – een vun mi un een vun mien Fruu... un neegsten Sünndag kaamt wi mol vörbi to'n Tuuschen, nich...?

Kinnerspeelen

Ick weet ok nich, wo dat an liggt – de Kinner hüüttodag hebbt eenfach keen Ahnung mehr vun so richtige Kinnerspeelen. Wenn ick mi so öberleggen do, wat wi fröher allens antofangen wüssen – oha! Dor is dat hüüt doch man gor nicks gegen, de kennt jo rein nicks! Un wenn du jem mol fragst, wat se düt oder dat kennt, denn kiekt se di blots an, schüttköppt, grient un sünd furts wedder weg op ehr Scateboard, kann sien, to'n Footballspeelen –. Un de hebbt ok noch nich mol Lust, 'n Ogenblick mit dat dösige Skatspeelen optohören un womöglich wat dortotolehren!

Nee, wenn ick so torüchdenk – dor sünd wi anners west... Un dor weer ok veel mehr Spoß bi un nich so veel Agreschonen un Angaschemang un düssen neemodschen Krom! To'n Bispill Kibbel-Kabbel. Wokeen kennt hüüt noch Kibbel-Kabbel? Nüms. Un worüm nich? Wiel datt dat nich to köpen gifft. Dat is dat! Sülven maken – dor kaamt se gor nich op. Wo dat doch so'n Spoß weer! Allens, wat wi dor to bruken, weer 'n Bessenstiel, un 'n Bessen harren se doch all tohus. Oder ok 'n anner Stück Holt. Dor hebbt wi denn den Kibbel – oder weer dat de Kabbel? – ut makt: de müß so twintig Zentimeter lang sien, un an de Ennen wörr he denn anspitzt, Un denn noch de Kabbel – oder weer *dat* de Kibbel? – dat weer eenfach 'n Sticken, so föfftig bis söbentig lang. Denn güng dat los. De lütt Kibbel leeg op de Eer, un de an de Reeg weer, hau denn mit den langen Kabbel op dat tospitzte Enn vun den Kibbel. De flöög denn in de Luft, un denn keem dat op de Kunst vun den Speeler an – he müß mit den Kabbel den Kibbel ut de Luft so wied as möglich wegslaan. Dat kunn ick goot – blots de Richtung kreeg ick nich jümmers hen. Wenn de Kibbel in 'n Schiev lann oder bi den Naver an 'n Kopp, denn sään de anner Kinner: Das gildet nich! un ick müß noch mol vun vörn anfangen, üm de Eck, versteiht sick, vunwegen de Schiev oder den Naver –. Een kunn den Kibbel ok 'n poormol in de Luft dropen, dat geev denn mehr Punkte. Un denn – wo weer dat noch –? Denn müs-

sen wi... oder hollstopp – to'n Anfang müß en den Kibbel, glöv ick, gor nich wegslaan, blots dropen, un denn... jo, so weer dat, denn leeg he den Kibbel op de Eer över'n Ritz twüschen de Steen, steek den Kabbel dor ünner un denn swung he em weg, un 'n anner müß em – den Kibbel, meen ick – opfangen un denn torüchsmieten un den Kabbel dropen, oder den Naver oder... op jeden Fall weer dat kinnerlicht. Wi kunnen dor gor nich noog vun kriegen – nich mol op mien Mudder heff ick dorbi hört, de mi jümmers wiesmaken wull, datt wi doch ok mol »Produkt« speelen schullen, so mit lütte Würfels ut Isen oder wat weet ick, dat harr se jümmers speelt, so'n dumm Tüüch –.
Un denn Halli-Hallo – kennt Se dat? Dat weer so'n Art »Hätten Sie's gewußt?«. Poor Kinner seten op de Trepp vör't Huus, un een Kind stunn dor mit'n Ball in de Hand vör un frög wat: 'n Lann mit »N«, to'n Bispill, un wenn een denn »Norwegen« sä, denn baller he oder se den Ball vör sick dal un leep gau weg. De, de richtig raadt harr, müß den Ball opfangen un »Stop« ropen. De anner bleev stahn, holl sien Arm as'n Kring vör sick, un de een müß denn mit den Ball dor dörchsmieten, denn weer he an de Reeg mit Frogen. Dor weer ick groot in, vör miene Frogen harrn se all Bammel! Stadt mit »A«? Dat weer Afrika! Un 'n Strom mit »I«? Dat weer de Isebeck-Kanol.
Ach, un denn »Liebesball«! Dor wörrn de Kinner frogt, wo geern se den oder de lieden muchen, un denn kunnen se den Ball op verscheeden Art torüchsmieten. So eenfach torüch heet »so la la, für die Woche«, beten höger heet »bannig gern« und ganz hooch heet »Große Liebe«! Se kunnen em ok dalballern, dat heet denn »hassen«. To un to schön weer dat, wenn se mi nah Solveigh frogen deen, denn so lett ick em so an mit daltrudeln, un dat heet denn »küssen«... dat weer so richtig wat to'n Opwöhlen un Rodwarden –!
Nich vergeten dröff ick »Wenn der Kaiser ins Land kommt! un »Mutter, Mutter, darf ich reisen?« Man dat Best weer Kloppe, Strootenkloppe. Denn totokieken, wo anner Lüüd sick vermöbelt, dat hett mi al fröher Spoß makt...

Lütte Lögen

So üm de neegen, teihn Johr mutt ick woll west sien, dor kreeg ick wat Nieges to lehren, un dat is'n Öller, wo noch wat hangen blifft —.

To düsse Tiet, in 'n Krieg weer dat, keem ick eendags to mien Mudder un fröög ehr, wat ick nich mitkunn to'n Baden, in't Kaifu, dat Swemmbad bi uns, in Eimsbüttel. 'n lütt Deern un ehr Mudder harrn seggt, ick kunn mitkamen, jo — Alleen dröff ick dor jo nich hen, un so dee ick mi bannig freien, pack mien Badebüx in, mien Mudder geev mi de dree Groschen, de dat domols köst, un denn nicks as hen. Ick weet dat noch, as wär dat güstern west — nah dat Swemmen legen wi op'n Wulldeek bi dat Swemmbecken op de Wisch, dor sä de Deen ehr Mudder, se wullen mol fix wohen, de Toiletten weern jo 'n Stück wieder lang, un se keemen glieks wedder; ick schull dor man eben töven, op de Wulldeek... Nah 'n poor Ogenblick weer mi dat woll to langwielig oder ick müss ok gau mol — op jeden Fall güng ick ok dorhen. Un keem an dat Café vörbi, dat dor op'n Weg leeg. Ick seeg jem dor sitten un wat eten oder drinken, se kunnen mi nich sehn. Weer jo nich so, datt ick tohuus nich noog kriegen dä, nee, dat nich, un ick harr ok gor keen Smachter op jichtenswat, blots ick stunn buten, versteihst, un kreeg 'n heeten Kopp miteens un leep furts weg, üm datt se mi nich wieswörrn. Mi — un ehr lütte Löög. Ick heff mi schaamt för wat, wo ick nicks för kunn, för mien Butenstahn.

Is wat hangenbleven, as ick al seggt heff, un jümmers, wenn ick laterto mol dat Rad to veel an'n Wagen weer, geev mi dat wedder 'n lütten Stick un ick dach an den Butje, de buten stunn.

Klor, wi mööt dor jo mit leven, datt wi nich överall mit tohört, dor is jo ok wiss nicks bi. Seggt wi mol, du wullt in 'n Lokal un markst, de hebbt dicht hüüt, steiht an: »Geschlossene Gesellschaft«. Jo, denn kannst dor doch nicks bi finnen, nich? De Lüüd kennt di jo nich, dor büst eben nich mit vun de Partie —.

Man wenn se so doot, as kunnen se di goot lieden un smiet di

denn, wenn't op ankümmt, blots een vun ehr lütte Lögen hen, denn, jo wat schallst denn maken — ?
Kiek, dor meen ick nu: Wenn du wat öller büst, denn schallst dor nich eenfach stahnblieben mit den Stick in't Hart, denn schallst dat nich blots in di rinfreten, nee, denn schallst dor wat mit anfangen! Un di mol frogen, wat dor nich womöglich een buten steiht bi di vör de Döör! Un hest dat gor nich markt all de Tiet! Is villicht de Naversch ut'n tweeten Stock, düsse Tratschtante, de di in't Treppenhuus jümmers mit Snack ophollt. Un dat, wat di as Tratschen vörkümmt, dat is mehr so'n Art Rettungsanker, den se utsmitt nah di, se will blots 'n lütt Ogenblick fastmaken bi di, ehr datt se wiederdrifft in ehr eensom Schipp op de tweete Etoosch... denn mit ehrn Wellensittich snackt se al teihn Stünnen an 'n Dag —.
Oder Mustafa, een vun de Türken in dien Firma, de heel geern mol'n Woort snacken dee mit di, man wenn de Schicht vörbi is, denn steiht he wedder buten —.
Wär doch 'n goden Infall, wenn em eenfach mol seggst, hüüt obend schull he mol bi di vörbikamen, eenfach so, kann sick dien Kinner mol ankieken oder dien Iesenbohn in'n Keller. Schallst mol sehn, wat de sick freit —.
Denn is dat nich blots 'n eegenartigen Tofall, datt he hier bi uns vör de Döör steiht un nich du bi em in de Türkei? Ick meen, 'neem du nu op de Welt kummst, dor kannst jo nich an dreihen; kannst di achteran blots fix Möh geven, wenn dat nich so goot dropen hest. Tjä, un dat deit Mustafa jo woll — snack mol mit em un ehr un all de, de buten staht.
Se tövt al op di.

Angst an'n Weg

Dat weer een vun düsse Daag in'n November, de beten wat trurig sünd, mit ehrn Regen un de Bööm sünner Bläder, dor full mi de Nahmeddag wedder in, de Sommernahmiddag, as ick dor an vörbikeem...

De Döör stunn open. Dat is lang her, dach ick, datt ick de Döör open sehn heff — un ick bleev 'n Ogenblick stahn. Över mi de Sünn, vör mi dat duster Lock, de open Döör... Blots mol rüken, wat dat binnen noch so rükt as domols, so — heet... un ok so — sööt ... man sööt, richtig sööt weer dat jo nich, weer 'n gräsig Art vun Sööt, so as dode Minschen wat sööt rüken doot, un dat weer de Angst, jo, en kunn de Angst rüken...

Op de Steed achter de swore Iesendöör legen Kisten un Packen: VORSICHT! NICHT STÜRZEN! GLAS!

Wo dat rükt —! Dor weer't wedder! Mi weer koolt. De small Padd vör mi steeg langsom op un leep achternt in't Balkenduster. Wat de Bänk woll noch dor sünd? dach ick. Un de bunten Biller an de Wännen: KLEINKINDERDRECK IST DER BESTE KITT FÜR WEIBERTREU... Dat weer dat eerste Bild, dor weer't jümmers noch vull, güng blots Foot för Foot vöran...

Datt ick mi dor noch op besinnen kann! dee ick mi wunnern. Un — ick kunn mi dor eenfach nich tegen deffendeern — mi full noch in: De Luftklappen in de Wand... jo, se weern noch dor! Un miteens föhl ick, jüst as domols, wo sick mien Lief tosamentrock, un ick dee dat wedder hören, dat KLAPPEN ZU! Ick seeg jem wedder an de Iesendeckel hanteern un wüss, dat güng loos nu...

Ick lang nah mien Füürtüüch, knips dat an un holl dat vör mi, de een Hand vör de lütte Flamm. Ick güng em rop, en smallen Padd, vör mi de Flamm, de in mien Vergangenheit danzen dee, un langsom keem ick vöran in mien Reis in düsse Daag un Nachten...

De Bänk weern weg. Ick harr jümmers op de Bänk seten, de an de Binnenwand stunnen; de Bänk an de Butenwand — dor harr ick

Angst to sitten, de weern so dicht ran an dat Dunnern un den Dood —. Wenn de Lampen an to flackern füngen, denn wüss ick Bescheid: Elkeen Flackern weer de Dood. Un ick dee miene Fööt hoognehmen, üm datt ick nich mark, wenn de Bodden anfüng, sick to schüddeln. Mennigmol güngen de Lampen ut, un mien Mudder leeg ehrn Arm üm mi, un ick kunn marken, wo beverig se sülven weer —. De annern Fruunslüüd weern an't Stöhnen un Japsen, un de Luft rüük nah Baldrian. Man dat weer noch nicks tegen dat Schunkeln. Dat weer so grugelig, datt de Lüüd dorseten mit open Münner; se kunnen ehr Angst nich mehr to Wöör maken. Un mi weer, as müss de Bunker furts ümkippen.
Dat keem ok vör, datt dat KLAPPEN ZU! jüst ropen wurr, as wie knapp binnen weern; denn kunn ick dat Jammern un Schreen hören vun de Fruun un Kinner buten, de nich mehr rinlaten wurrn, un denn dat Pultern vun de Iesendöör, un denn... denn weer't still —.
Mol, so full mi in, mol harr de Luftschutzbunker gräsig schunkelt, de Lampen weern duster, dor leten se ünnen, as de Bombenangriff för'n Ogenblick ophören dee, dor leten se Lüüd rin, de harrn blots Ünnertüüch un Nachthemden an. De grote Angst harr nah jem ehre Ogen grepen un wied opreten; ehre Lungen rasseln un fiepen, un se wullen wat seggen un kunnen doch nich künnigen, wat buten passeer —. Een full rin in de Döör mit barfte Been, un ut siene Been dee zucken un glimmen dat Wahnsinnsfüür Phosphor... sien Schreen un Gurgeln weer noch luuder as dat Rumsen, buten in de Nacht...
De lütte Flamm weer ut. Ick knips mien Füürtüüch an, eenmol, tweemol — duster! Dor sack dat Grugeln op mi dal, kreep mi dat Lief lang bit in de Fööt, schütt mi vull mit Angst, so as domols, un ick pees em wedder trüch, den Padd vull Pien un Truur, rut ut de kolle Iesendör in den warmen Sommernahmeddag.
De Lüüd, de vorbigüngen, segen mi an as benaut, un een reep, ick harr woll domols de leste Entwarnung verslapen!
Dor lachen se all.

Lütt Wunner

Dat weer op een vun düsse lütten Festivitäten, för de Kurt un sien Fruu Hilde berühmt weern. Een-, tweemol in't Johr deen se uns jümmers inladen, tosamen mit de annern Ehepooren ut uns Kring. Wi deen uns al öber twintig Johr kennen, un Kurt un Hilde weern so'n Aart Institutschoon för fidele Parties mit Jux, Snacken un delikoten Nudelsolot.

Ok düttmol geev dat veel Pläseer, Sluck un Danzen — all weern wi vergnögt. Bit Hannes miteens see, he kunn sick gor nich vörstellen, datt de Sülverhochtiet vun Kurt un Hilde in't neegste Johr noch grootartiger warrn kunn! Un all meenen se mit Proost! un Juchhei, beter kunn dat nu wiss nich warrn — dor see Hilde opmol luud un düütlich: Nee, dat stimmt seker... denn 'n Sülverhochtiet ward dat bi uns nich geven...

Dat wurr liesen in de Stuuv.

Wat? lach Otto unseker. Wat weer dat eben —?

Tjä, Lüüd, meen Kurt langsom, dat is ok de Grund för uns lest lütte Party hüüt — wi wullen uns Frünnen noch eenmol all hier tohoop hebben... is vörbi nu — Hilde un ick, wi laat uns scheden —.

Wi stunnen dor as in'n Panoptikum, nüms see 'n Woort. Blots Otto sien Fruu füng liesen an to wenen.

Ick glööv, wi sett uns eerstmol, see Kurt, wi mööt dat woll 'n beten verkloren... also Hilde un ick, wi harrn dat al de lesten Johren markt, datt dor wat nich mehr stimmt in uns Ehe... ick müss veel op Reisen, se weer denn alleen... de Kinner sünd al ut'n Huus — weer nüms mehr dor, den se betüdeln kunn, un dor... dor...

He slöök 'n beten. Hilde, segg du doch mol...

Jo, meen Hilde, is woll so, as he seggt hett — wi sünd uns frömd worrn, so mit de Johren... keem ganz sutje, nich vun hüüt op morgen... jo, un nu heff ick dacht — hebbt wi dacht, wi hört op mit dat, wat egentlich gor nich mehr dor is... ick meen...

Nee, also dor kumm ick nich mit! pulter Guschi loos. Dat is doch keen Grund, allens hentosmieten! Sünd veeruntwintig Johr denn reinweg nicks? Dat schöne Huus, allens wat Ji opbuut hebbt, de Kinner — dat köönt Ji doch nich maken!

Dat will ick meenen, keem Jochen dorto. Wo gifft dat denn nich mol Striet in so 'ne Ehe? Bi uns is ok nich allens so glatt lopen — Anni un ick, wi hebbt uns mennigmol bannig in de Wull hatt, nich Anni? Neenee, Ji twee — dat kümmt gor nich in de Tüüt, verdreegt Ju wedder… dat weer doch to'n Lachen…

Jochen, see Hilde, Du versteihst nich… dat is dat jo man eben — wi köönt nich mehr strieden, dor is nicks to verdreegen… se sweeg 'n Ogenblick… un wi… wi hebbt uns mol to leev hatt, as datt wi uns nu fastbinnen wullen…

Is dor denn… mi geiht dat jo nicks an, fröög Gesche, hett Kurt denn… is dor'n annere — ?

Ick weet nich, anter Hilde. Un ick will dat ok gor nich weten, un wenn du mi frogst, wat ick 'n annern Mann… nich mol dat weet ick. Ick weet blots, datt wi twee anners worrn sünd, un de twee annern mööt woll dat doon, wat se nu för richtig hollt…

Dor weer nicks mehr to beschicken. Wi sünd all nah Huus gahn, dat is uns bannig swor ankamen.

Kurt un Hilde hebbt sick denn scheden laten. Dat Huus wurr verköfft, Hilde güng nah Südamerika, wedder in ehrn ollen Beruf, un Kurt för sien Firma nah Spanien. Dat weer so, as harr jem dat nie nich geven: keen Breef, keen nicks.

Bit nu, nah fiev Johren. Hüüt hebbt wi'n Breef kregen, vun Kurt und Hilde. Se seggt, datt se sick alle de Johren schreven hebbt, un datt de gro e Entfernung jem wedder neeger brocht hett, un se harrn sick Saken schreven, över de to snacken se al lang verlehrt harrn —.

Jo, un nu leevt se in Bremen. Wüllt wedder heiroten, un wi schullen uns man utsöken, wat wi lever düsse tweete Hochtiet oder stattsdess ehr Sülverhochtiet mit jem fiern wulln. Ick glööv jo nich an Wunner, man wenn Hochtiet un Sülverhochtiet op een Dag fallt — denn passeert woll ok hüüt noch Märken.

Un wi — wi speelt mit.

Konferenzen

Dat Wedder hebbt wi jo nu in'n Greep kregen, de Weddervörhersaag hölpt uns fix; wat de seggt, stimmt jümmers, blots nich överall, un wenn een denn an'n verkehrten Platz is, hett he eben den verkehrten Regen to faten, un de is ok nich dröger.
Man dor is liekers noch wat, dat köönt un köönt de Minschen nich so recht vörutsehn, dat liggt höchstens in de Luft, un dor kannst nich vör weglopen un di nich tegen deffendeeren. Wenn dat kamen schall, denn kummt dat, un du hest di dor mit aftofinnen un kannst di blots seggen: Geiht allens vörbi! Wat ick meen, sünd de Sitzungen, de Besprechungen, de Konferenzen.
Wat dat nu in'n Bedreev is, in'n Vereen, in de Fabrik, Partei oder in de School — wenn dor langtiets allens propper in de Reeg weer un dat güng meist allens vun alleen, denn köönt dat 'n poor Minschen nich mehr utholln un kaamt an en »kritischen Punkt«; dor köönt se denn nich mehr anners, dor mööt se dat, wat al lang klor is, denn »problematisieren«. Un bi düsse Gelegenheit denkt se sick denn ok noch gau 'n poor annere Probleme ut, op de bit denn noch nüms kamen is. Un denn sett se 'n Konferenz an.
De Konferenz sett sick tosamen ut Stöhl un Dischen. De Dischen köönt in 'n Kring stahn, oder se ward to 'n »U« gruppeert. Ward dat 'n Kring, denn is dat swor, klortomaken, wo de Konferenzleitung, de Baas sitt. Dor fallt mi in — Lüüd sünd dor natürlich ok mit bi, nich blots Stöhl un Dischen! Un so kriggt de Steed, wo de Baas sitten schall, 'n lütten Wimpel oder 'n Bimmel henstellt, üm datt elkeen weet, 'keen em de Konferenz inbrockt hett.
Is dat 'n »U«, denn ward op dat »U« Tüttel sett — so ward klor, datt de Konferenzleitung toerst mol jede Konferenz umfunkschoneert: Se makt denn ut dat »U« keen »X«, man 'n »Ü» is jo ok al wat.
De Termin för de Konferenz is jümmers so vigeliensch utsöcht,

datt he nüms passen deit, nich mol de Konferenzleitung; de kummt meisttiets to laat.
Ehr datt de Konferenz nu anfangt, kriegt de Teilnehmers dat opschreeven, wat in de Konferenz allens besnackt warden schall. De »Tagesordnungspunkte«, so ward dat nöömt, hebbt mit Ordnung nicks to doon. Wenn dat, seggt wi mol, fiev Punkte sünd, un de Konferenz schall twee Stunnen duern, denn kannst seker sien, datt Punkt »een« annerthalv Stünnen bekakelt ward, Punkt »twee« 'n veddel Stünn, Punkt »dree« teihn Minuten un »veer« fiev Minuten. De leste Punkt heet jümmers »Verschiedenes«, dor langt de Tiet denn nich mehr för, un dat is ok richtig so, dat gifft denn 'n feinen Grund för'n niege Konferenz.
Wenn de Teilnehmers sick all infunnen hebbt, geiht dat noch lang nich los. Dat »U« sabbelt un larmt, de Tüttels hanteert mit Poppeer.
Denn so makt de Obertüttel »Äh — hem!«
Nu ward dat still — bi de Tüttels meen ick.
Dat »U« makt sick nicks ut dat »Äh — hem...« se wiest de Tüttels, datt se frie Minschen sünd, de sick nicks vörschrieven laat — al mol gor nich mit »Äh — hem...«
Wenn de Obertüttel nu keen Bimmel hett, denn seggt he: »*Meine* Damen und Herren...« un dorbi seggt he dat »*Meine*« heel luut un sinnig, un dat hölpt denn meistens, nu sabbelt blots noch de, de eegens ok to de Tüttels tohören schullen un för de dat 'n argerlichen Tofall is, datt se mang dat »U« sitt...
Wat in en Konferenz seggt ward, mut een opschrieven, dat is denn dat Protokoll.
'n Protokoll to schrieven is nich licht, männigmol kummt dat vör, datt wat vergeten ward vun den Protokollanten. Man denn sett he wat anners wedder dorto, un so glöövt de mehrsten Konferenzteilnehmer, wenn se achteran dat Protokoll lest, datt se woll op'n anner Konferenz west sünd.
Wenn en Konferenz nich so löppt, as de Tüttels sick dat vörstellt hebbt, dat heet, wenn de Lüüd in dat »U« anfangt mittodenken, un dat womöglich noch in de verkehrte Richtung, denn lett de Vörstand gau afstimmen.
Dat hölpt männigmol.

Is liekers noch nich dat dorbi rutkamen, wat de Tüttels sick dacht harren, denn findt sick al ’n »Verfahrensfehler« oder sowat –. Un denn ward de Afstimmung op de neegste Konferenz noch mol vörnahmen. Oder dat gifft eenfach ’n niege Anordnung, un de ward denn fein problematiseert, op de neegste Konferenz...

Danzstunnen

Ick harr dat jo al lang kamen sehn, man dat weer mi denn doch liekers 'n beten wunnerlich tomoot – dat full mi doch wat swor, mir vörtostellen, datt dat nu mien Jung weer, de to Danzschool güng, un nich ick! Ick meen – so lang is dat doch noch gor nich her mit mien erste Danzstunn? Sünd dat würklich al so veele Johr? Wo ick de Musik doch noch in't Ohr heff, as wär dat erst güstern west: Charmaine... mit dat Orchester Mantovani... Un dorto de Danzlehrer mit sien »rechts-seit-schluß und links-seit-schluß«...

Den Obend, as ick to'n ersten Mol dor henkeem, müssen wi uns all an de Wännen lang opstellen: De Damen an de een Siet, de Herren an de anner. Un nicks vunwegen mit Hand in de Tasch oder so, nee, blots nich! Un wat de Hemdenkrogen eng weer, Jungejunge... un de Steed, wo ick jüst vörher tohuus den Pickel utdrückt harr – weer de amenn noch rood?? Un wat de Hoor, de kotten, woll noch sitten deen –?

Ach, un denn de Deerns! Taftröck harren se an – wiet un raschelig! Twintig Meter Taft för een Rock woll tominnst... Un de wüssen ok nich so recht, wo se mit de veelen Hannen henschullen...

Wenn de Musik anfüng, güngen de Herren fein maneerlich röber to de Daam, de se gegenöberstunnen, bleven vör ehr stahn, deen een Schritt nah de Siet – weer dat nu nah de rechte oder nah de linke Siet? – möken 'n Verbeugung – wieldess se aber de Daam partout ankieken müssen! Man jo nich so 'n deepen Diener maken, datt se blots noch op 'n Bodden oder op de dünnen Been vun de Deern plieren kunnen! Un denn erst dröffen se sehr frogen: »Darf ich bitten?«

Hehehe – dor fallt mi bi in: To mien Fründ hett dor mol'n Deern antert: »Tjä, dann fangen Sie man mal an mit das Bitten...« Weer 'n dösige Situatschoon för em, he wüß nich so recht, wat he maken schull. Aber denn hett he sick 'n Ruck geven un de kiebige Deern

eenfach packt un is mit ehr losmarscheert, linkszweidreirechts-zweidrei...
He kunn goot danzen, veel beter as ick, vör allen Boogie Woogie, dat harr he al vörher lehrt, to'n Glück, denn so'n wilden Jidelkrom dröffen wi jo dor in den vörnehmen Laden nich danzen! Jümmers blots elegant Foxtrott, Tango, langsamen Walzer un so – wenn't hoch keem, kunnen wi mol so'n Art entschärften Chachachah tattern...
Mol is mien Fründ an 'n ganz eegenartige Hummel kamen – de broch em heel dörchnanner, wiel datt se em bi de komplizeerte Tangostockeree in't Ohr gröhl, se wär jüst dorbi, in de School dat »Große Latinum« to maken! Un denn hett se em bi'n nächsten Danz latiinsche Vokabeln affrogt – sogor bi »Charmaine«!
Mit de hett he nich wedder danzt.
Mien Danzstunnenleev weer wiss de Schönste vun all de Deerns dor, un ick weer rein hen und futsch.
Se weer aber blots 'n beten hen un futsch, denn se harr al 'n Fründ, un vun den vertell se mi egolweg!
'n faste Fründin harr ick domols jo ok al, man ick weer al 'n beten wieder in mien Entwicklung un snack nich bi de een Deern vun de annere! Man sowat lehrt sick eben erst mit de Johren...
As mien Jung nah sien erste Danzstunn nah Huus keem, weer ick bannig neeschierig un fröög em furts, wat se denn so lehrt harren?
Hygiene, anter he dröög.
Hygiene? fröög ick em, gifft dat dor denn keen Danzünnerricht?
Doch, sä he, man tovörderst, ehr datt wi de Mäkens anfaten dröfft, hett de Danzlehrer uns dor op henwiest, datt wi bitte nich stinken schüllt, wenn wir dor henkaamt; wi schullen uns driest vörher waschen un wat ünner de Arm püstern – öberhaupt, vör't Danzen kummt de Hygiene!
Dat is jo 'n eegenortig School, meen ick. Un denn, wat weer denn?
Denn hebbt wie Opföddern lehrt, sä he, dor müssen wi op de

Deern losgahn, wo wi gegenöverstunnen, bit een Schritt vör ehr, un denn…
…'n Diener maken? sä ick.
Jo, vertell he wieder, un dat gifft dree Arten vun Verbeugungen, un de Daam jümmers dor in de Ogen bi kieken, un denn hebbt wi 'n Grundschritt lehrt, pass mol op, de geiht so: Links-seit-ran-schluß und rechts-seit-ran…
He weer bannig in Fohrt, un mark gor nich, datt he jüst dorbi weer, sick 'n poor vun de feinsten Erinnerungen to maken…

Op'n Dom

Ick glöv, över den Hamborger Dom, de jo as elkeen Johr op'n Heiligengeistfeld to bewunnern is, bruk ick nich veel to seggen, dor is woll al noog över seggt un schreven woorn, un denn kennt de mehrsten Lüüd in Hamborg un ümrüm dat Hamborger Hummelfest ok jo sowieso. Wo ick hüüt mol över snacken will, dat is nich blots de Dom vun hüüttodag, dat is de Hamborger Dom to de Tiet, as ick 'n lütten Jung weer un ok noch 'n beten wat later.
Domols geev dat op'n Dom veele Saken, de du hüüt nich mehr finnen kannst. So kann ick mi besinnen, dor weer jümmers en Bood, dor stunn op'n Podest 'n öllerhaftig Bett, un in dat Bett legg 'n ol' Fruu mit Nachthemd an un Slaapmütz op. Un de Lüüd dröffen denn för teihn Penn oder so versöken, mit 'n Ball dat Bett an'n bestimmte Steed to dropen. Wenn se dat fein henkreegen harren, denn so kipp dat Bett miteens üm, un de Olsch dor binnen, de full rut un füng an, aarig to lamenteeren un spektokeln. Mi dä de olle Fruu jümmers leed, un ick dach bi mi, datt ick dor keen Lust to harr, bi't Slapen wedder un wedder ut't Bett ruttofallen –.
Överhaupt – düsse Boden, wo de Lüüd de afsünnerlichsten Saken wiest wörrn, de gifft dat jo hüüt woll nich mehr so veel. Ick weet nich, wat dat nu hüüt keene Riesendamen oder Spinnen mit Mäkenkopp mehr gifft, oder wat de Lüüd dor eenfach keen Smack mehr an finnen köönt –.
Wat aber bit hüüt so bleven is, dat stiggt di glieks, wenn du op'n Dom kummst, in de Nees: De Appelkoken, de Berliner, de »Gebrannten Mandeln«, de Zuckersticken, de Braatwüst un all de annern Leckereen, de rüükt... de rüükt, dor löppt di dat Water in't Muul tosamen!
Man du mußt jem denn ok furts opfuddern, nich erst mit nah Huus slepen! Tohuus smeckt de Berliners miteens pappig, un de Liebesappel is denn blots noch 'n sappschigen Backskrom.
As ick 'n beten wat öller weer, so föffteihn, sössteihn Johr, dor

weer ick meist Obend för Obend op'n Dom togang. Miene Makkers un ick, wi stunnen jümmers an de Raketenbohn un weern dor an't Hotten, dat heet, wie stunnen dor un deen stünnenlang nah de Musik wackeln, denn de harrn dor de besten Schallplatten, mit de Andrew-Sisters un ok Louis Armstrong. Geld harren wi jo keen, man dat bruken wi ok nich, de bunten Lampen, de Musik un de Deerns mit de Ringelstrümp — weer dat nich noog?
Hüüt is dat jo veel komplizeerter mit de Karussells — eenfach so in'n Kring peesen... 'keen hett dor noch Lust to? Hüüt laat se de Lüüd as dull rop, dal, nah de Sieden, in'n Kring rasen un sick dor noch bi üm sick sülven dreihen. Dat is jo keen Vergnögen mehr, sick in düsse Astronauten-Zentrifugen dat Binnerste nah buten kehren to laten!
Eegenartig — de jungen Lüüd, de dor in juucht un heidit, de weet dor nich mol wat vun af! Wenn se utstiegt, denn mampft se ehr Zuckerwatt wieder un womöglich ok noch 'n Happen Fischbroot dorto!
Nee, dor gah ich denn doch lever röber nah de Swinshaxen un sett mi fein komodig hen bi'n Glas Beer. Höchstens, datt ick mol mit de Geisterbohn fohr, dor weet ick al vörher, wo ick mi grugeln schall un geiht ok nich so fix op un dal dor —.
Wat ick aber nie nich wedderfunnen heff op'n Dom siet de Tiet, as ick lütt weer, dat sünd de Füürrööd — dat weer för mi dat Best vun'n ganzen Dom, denn dat kunn ick mit nah Huus nehmen un kunn mi dat noch langtiets ankieken, dat Bunte un dat Glitterige, dat, wat för mi de Dom weer —.
Achso... mag jo wesen, Ji kennt so'n Füürrad gor nich mehr: Dat weer woll so handgroot un tosamensett ut'n Rad mit veele bunte, lütte Finster binnen un 'n Stang, de een jümmers hochdrücken müss; denn dee sick dat Rad dreihen un dorbi ratsch de Stang an 'n Füersteen lang, un dat dee funkeln, un de Steern prasseln ut dat bunte Rad... Wenn ick mit dat Ding tohuus in 'n duster Kamer seet, denn kunn ick mi dor gor nich satt an kieken!
Man so is dat woll — wenn een lütt is, denn gifft dat soveel, dat funkelt, de Spoß luert enerwegens un överall op di; wenn du öller büst, mußt du tweemol henkieken, üm dat Funkeln wiestowarden — bi't erste Mol funkelt blots noch de Swienshax!

Schicksolsfrogen

Dat mehrste in't Leven is woll Schicksol, un wenn dat leeg ward, denn kümmt di dat Schicksol mit Frogen – womöglich sogor deenstlich.

Nülich obend hebbt wi uns Söhn un sien Fründin an de Bohn brocht, se wullen verreisen. Se harrn Platzkorten, un dor stunn de Waggonnummer op. Wiel datt ick jo nich so veel mit de Bohn fohr, heff ick vun so'ne Saken nich veel Ahnung un wull 'n Iesenbohnbeamten frogen, 'neem de Wagen mit de un de Nummer to stahn kamen schall. Weer 'n adretten Macker, mit sien smucke blaurode Uniform, un bannig deenstlich. De Fraag weer seker ünner sien Würde, un he keek mi streng un tähmlich lang an. Denn fröög he mi, so as 'n een froogt, de 'n Knick in'n Brägen hett, wat ick de Tafel dor achtern op'n Perrong sehn kunn?

Jo, anter ick, meent Se dor bi de...

– Genau. So, un da gehn Sie dschez mah hin, da steht allens auf – kapiert?

In sowat bün ick 'n beten empfindsom. He harr mi jo eenfach seggen kunnt, datt he dat nich wüss, un datt so'ne Saken op de Tafel dor achtern stunnen – weer jo allens rodscher west denn. Man mi so dösig antolabern, un denn noch obends halbig ölben – och nee... bi sowat will ick denn ok mien Spoß hebben.

So? anter ick dütthalven, aha... ick dach man blots, wiel datt mi Ehre Kollegen dor in dat Statschoonskabuff seggt hebbt, datt Se hier de Auskunft sünd...

Oha!

Was ham die gesacht –? Daß ich die – Augenblick! He dee noch 'n halven Meter wassen un stebel wütig nah dat Kabuff: Das wird hier scha ümmer schöner...!!!

Sowat nööm ick quitt.

Dor bün ick jo heel anners, wenn ick wat frogt warr –. Vör

uns Urlaub güng ick in so'n groot Kledaschenhuus, ick wull mi noch 'n lichte Büx köpen, un ick weer jüst an't Sinneeren, 'neem ick mi ümkieken schull, dor see opmol een achter mi: Hören Sie mal – wo is das hier für Anzüge? Aber was Rejelles, verstehn Sie?
Dat weer 'n staatsche Fruu, so üm de föfftig, sösstig, un ehrn beten spitteligen Macker gnurr se an: Hier bliffst du stahn un lettst di vun den Herrn allens wiesen – dat köönt wi jo woll verlangen...
Ach, see ick fründlich, Se snackt Platt – tjä, denn mol los: Wat harrn Se sick denn so dacht –?
Dat geiht Se gor nicks an, wat wi denkt, gnadder se, wiest Se mol, wat Se so hebbt!
Dor heff ick ehr 'n Stohl anboden un fein Klamotten tosamenhalt. Toeerst 'n Jack ut de Teenager-Abteilung. De wull he gor nich anprobeern, man sien Olsch weer gnadenlos. Ick müss mi ümdreihn, anners harr ick mi versluukt vör Lachen. Denn heff ick buntklörige Joggingbüxen ansleppt, un as se bi lütten argdenkern wurr, ok noch 'n Smoking – aber 'n witten!
Hebbt Se hier denn gor nicks Normales? föhr se mi an. Mit Weste, un nich so'n albernen Tüdelkraam!
Doch, see ick, man de verkööp ick nich.
Wat –? fröög se. Wat schall dat denn heeten?
Nicks, meen ick lichthen, to Westen heff ick nu mol keen Lust to. Westen verköfft mien Kolleeg – dat heet, wenn he 'n goden Dag hett; anners hannelt he blots mit kotte Büxen – ick segg em mol Bescheed...
Un dat heff ick denn ok doon.
Blots bi Ida ehre Frogen – dor bün ick afsluut wehrlos. De kümmt to'n Bispill nahuus un seggt: Weißu, wen ich heut gesehn hap?
Nee, anter ick, wokeen weer dat?
Na... denk doch mah nach!
Guschi –?
Pö! Wo soich Guschi wohl sehn – der is doch auf Urlaub!
So... tjä, denn weet ick nich...
Kannzu auch nich! Stell dir vor: Den von der Dings... die mit den

Locken, weischon... wo doch der kranke Bruder von inne Bank — mein Gott, nu sei doch bloß nich so stur...
Locken — wat denn för Locken?
Hach, nu tu man nich so... waas doch damals ganz hin un futsch...
In so'n Fall hölpt mi blots noch, datt dat Telefon bimmelt. Oder dat Huus brennt oder Besök steiht vör de Döör — an besten allens togliek. Oder ick frog Di — weeßt Du wat Beters?

Haarige Saken

Mannslüüd mit 'n Boort hebbt enerwegens 'n lütten aber gräsigen Defekt, heff ick mol leest. Nu weer mi dat jo al tähmlich lang klor, datt mit mi nich allens so is as dat sien schull — dat seggt Ida ok jümmers — aber datt dor denn glieks de Seel, dien Binnenleven sotoseggen verdreiht is, wenn di blots 'n poormol nich rasseerst, na — ick weet nich recht... Ick meen, wi hebbt dat jo al mol hatt, so 'ne Boortmanie, bi Kaiser Wilhelm, glöv ick, un de hebbt dat noch veel duller dreven, mit Pomood un Boortbinn, weer 'n richtigen Kult domols. Hüüt geiht dat mehr so op de lässige, nich so mit Wichs un Lack, aber wat de Eernsthaftigkeit angeiht, dor is dat hüüt woll ok nich veel anners.

Mol seggen, 'n Jungkirl kummt een Dag mol dor op, datt dat nu Tiet is, ennelk mol 'n echt starke Persönlichkeit to entwickeln — dor fallt mi bi in, dat kann ok 'n beten wat öllern Jungkirl sien — denn mutt he sick bannig goot öberleggen, op welk Art he dat in de Gang setten will. Fein edeln Charakter op de Been to stellen, is jo schön, blots — dat süht jo nüms! Oder tominnst nich so gau —. Kannst di ok 'n schnieken Antog köpen, aber bi de Dressmantour kannst hebben, de Lüüd kriegt dat in verkehrten Hals. Tjä, denn blifft eegens blots de smucke Suppenfilter, de Neesbessen, de Barbarossa-Fransen.

Nu geiht de Problematik aber jo eerst los!

Welk Lüüd sünd so radikol, de smitt ehrn Raseerapparot ut 'n Finster un laat em eenfach wassen, den Boort, egol wo un woveel. Aber de mehrsten stüert doch op'n begrenzten Kahlslag los. De Tiet, de nu kummt, is nich licht to öberstahn. Denn toeerst süht de Boort jo nich nah Boort ut, de Boortaspirant ward öberall scheef ankeken un hett dor düchtig mit to doon, sien stoppeliges Pennerimmitsch dörch besünners grote Akkuratesse op'n anner Rebeet uttoglieken — poor Atü mehr ümmer de Achseln püstern oder Ünnerbüx al nah twee Weeken wesseln.

In dütt Stadium fallt männigeen üm un scheert sick liesen wedder kahl un ward denn ok furts wedder opnahmen in de minschliche Gemeen. Dor wiest sick denn, datt de Boort doch wat mit Charakter oder Seel to doon hett, wenn ok annersrüm. Denn is dat nich 'n Teken för Standhaftigkeet un binnerste Grött? Also nicks mit seelischen Defekt un so, allens Tühnkrom.
So nah dree, veer Weken kann uns Stoppelpleger eenelk anfangen, de eerste Fassong in sien Gaarn to bringen — un wunnert sick, datt de verdreihte Boort jüst dor nich wassen will, 'neem he em henhebben wull. Un nu löppt he fix un halt sien Raseerapparot wedder, den he ut 'n Finster smeten harr.
Bi düsse Prozedur gifft dat veel to bedenken: Vullboort? Kummt op dien Gesicht an — de een oder anner süht mit Vullboort ut as 'n utbleekten Pavian; oder blots lange Koteletten, de ok »Whiskers« nöömt ward — dat gifft licht 'n Tatsch vun ingelschen Landadel; de son beten Hang to dat Dämonische hebbt, stutzt sick 'n markante Kombinatschoon ut Schnauz- un Kinnboort torecht —.
Aber dat is allens nich so wichtig, wat se sick dor nu utklamüstert; wo dat op ankummt, is de Gedüür. Gedüür mit den Boort, mit sick sülven un mit de annern Lüüd. Denn wenn dat eens gifft, dat de Lüüd argdenkern makt, denn is dat 'n Kirl, de all half Johr 'n annern Boort hett. Aber eegenortig is dat jo — ick heff mien 'n Backenboort nu al so twintig, dörtig Johr, aber de Lüüd kiekt mi egolweg argdenkern an... dor kannst an sehn, wat 'n för'ne Gedüür hebben mutt —.
So, dat hett mi op 'n Harten legen, mol mit düt dösige Vörordeel tegen de Boortdrägers optorümen. Ick meen — wo kaamt de Nacktbacken dor eegens to, wat? Dor kunnst jo meist glöven, de hebbt Minderwertigkeitskomplexe, nich? De hebbt dor woll blots keen Mumm to! Oder sünd pingelige Pedanten, de sick morgens twee Stünnen lang mit Seep un Schuum de Muulgegend meiht, mit Pre-Shave vörher un After-Shave dornah un glövt, blots so de Minschen wiesen to köönen, wat se för oorntliche Kirls sünd. Neenee, mußt di fix in acht nehmen vör Mannslüüd ohn Boort! De wüllt di blots wat vörmaken, de kannst nich truen, de kannst nicks glöven.

Aber mi — kiek mol mien'n Boort an, segg sülvst: Süht so een nah Swinnel ut? Na sühst woll. Un wenn di Ida mol wat anners vertellt — gor nich um kümmern!
Ida hett jo ok keen Boort.

In olle Tieden...

Ick meen, dor hett se jo ok recht mit, wenn Ida seggt, miene wohnsinnigen Vertellen, de passt nich in uns normale Tiet.
Süh, un dor heff ick mi dacht, ick schull man lever mol 'n Märken vertellen, üm datt ick nich jümmers so 'n gräsigen Fremdkörper, un ick vertell denn so eenfach mol dat Märken vun de Stickelroos — op hochdüütsch »Dornröschen«: Also — Is al lang her, dor leev mol 'n Köönig un sien Fruu, de harrn alltiets 'n bannigen Jieper op 'n lütten Jung oder — wenn 't gor nich anner güng — ok op 'n Deern, blots se kregen un kregen dat nich towege. Een Dag nu, as de Königin jüst ünner de Duusch stunn, dor kreep dor miteens 'n Papalagüüz, so 'n Froschköönig ut dat Siel, un as se jüst den Klempner ropen wull, dor wies ehr de natte Kamrood sien Visitenkoort — he weer de Referent vun dat Familienministerium — un geev ehr den goden Rat, se schull doch mol beten mit de Pill utsetten! Jo, un dat hett se denn doon, un kreeg denn 'n wunnerschöne Dochter, allens wat recht is —. De König weer rein benaut un wull nu 'n groot Fest fiern, so in de Dimensionen vun uns Bundeskanzler sien Sommerfest; blots datt he dat ok sülvst betohlen wull.
Datt he würklich hen un futsch weer vör Freid, kannst ok dor an sehn, datt he sien Verwandschap inladen wull to dat Fest, jo, un nich blots de — ok noch de kloken Fruun in sien Land — un dat weern akkrant dörteihn —. Tjä... nu weet ick jo nich, wat sien Land so lütt weer oder wat dat 'n heel normalen Tostand is — in 't ganze Land blots dörteihn kloke Fruunslüüd — op jeden Fall weer he böös in de Bredullje, denn he harr to sien Hochtiet blots 'n Service för twölf Personen kregen, un dat mußt doch woll sülven seggen: twölf mol Maria Weiß un eenmol Zippelmuster — dat 's kulturlos is dat! De eene kloke Fruu hett de denn also nich mit inlaadt.
Dat weer verkehrt.
Seker, seker — to 'n Party oder so dröffst keen kloke Fruu inla-

den, dat weet ick ok – dat ward denn blots 'n angeregten Diskussionsobend, un de Mannslüüd suupt di dat ganze Schapp leddig – man dütmol harr he dat beter op ankamen laten, denn de Olsch weer echt füünsch un hett denn seggt, wenn dat Göör föffteihn Johr old weer, denn schull se sick mit de Neihmaschien dörch 'n Finger neihn un dood blieven!
Dat weer jo nu 'n starken Hammer, un de König kunn vun Glück seggen, datt de een vun de annern twölf kloken Fruun dat noch in de Reeg broch, indem datt se sä, de Deern schull nich doodblieven, se schull blots hunnert Johr slapen!
De Köönig weer jo twars clever – he lett all de Neihmaschienen in sien Land tweihaun, man de Japoners – also de exporteert jo as de Düvels! Un as dat Mäken föffteihn weer, dor kreeg se denn ok prompt vun 'n Otto-Versand-Hamburg 'n Katalog, un den Rest kannst di jo denken: Zickzack op veeruntwintig Raten, pieks! – un weg weer se.
Un nich blots de Deern – de ganze Bedreev füng an to slapen – kunnst meist glöven, du büst op 'n Finanzamt!
Af un to keem mol een, de wull jem opwecken, man wees mol ehrlich: Hest du al mol bi 't Finanzamt een op... na, blievt wi beter bi de Stickelroos – weer denn also nicks, un bi lütten wussen dor denn ok Strünken un Rosen ümrüm un weer jo denn sowieso Sense –.
Man denn ennelk, nah hunnert Johren, dor harr sick dat Drama ok bit to de Wild-Zeitung rümsproken, un de denn jo glieks ehrn besten Reporter henschickt, üm datt he dat seggt, as dat is, un de in sien'n Dusel hett se denn as se noch sleep – also dat magst hier jo meist nich seggen, leest womöglich Kinner – op jeden Fall, he müss ehr denn heiroden un allens –.
Man dat weer jo nich de eenzig Arger: De König funn in sien'n Breefkasten fievdusendtweehunnert Telefonrekens – opschoonst dat Telefon al neegenunneegentigunhalf Johr afstellt weer –, dreehunnerttölben Vörlodungen to 'n Offenbarungseid un dusendtweehunnert Nachnohmen vun 'ne Sexfirma.
Also – Moral vun de Geschicht: Vergrell di kloke Fruunslüüd nich!

Witz Nr. 274

Hehehe – ick kann jo keene Witzen vertellen, nee, dat heff ick jo al mol seggt, aber düsse, hahaha, also de is so komisch, dor kann ick gor nich ophören to lachen, hehehe, den mutt ick nu doch mol vertellen, so spoßig as de is – ick will dat mol versöken... aber wenn dat nicks ward, denn dröffst nich bös sien, nich? Jo, Ida seggt jo jümmers, wenn ick 'n Witz vertell, denn hört sick dat an, as wenn ick 'n Fohrplon vörles – na, also pass mol op, de Witz, de geiht so: Dor sünd twee Lüdd – twee Mannslüüd, üm bi de Wohrheit to blieven – un düsse twee, de, hehehe, de draapt sick... dor fallt mi bi in, dat kunnen eegens ok driest twee Fruunslüüd wesen, worüm nich? Dat güng just so goot, dor wär keen Ünnerscheed – man dor hest dat mol wedder: Lacht ward blots över de Mannslüüd, bi de Fruunslüüd hest nicks to lachen... also, as ick al seggt heff – dor draapt sick twee, egol – Mannslüüd oder Fruunslüüd – un weeßt, wo –? Na –? Nu kümmt de Witz! De draapt sick, nee, Ogenblick – de Witz kummt eerst beten later, wat ick nu vertell, is noch gor nich so spoßig, wenn ick mi liekers ok nu al högen kann, hehehe, dat mußt di mol vörstellen, de draapt sick, de twee, vör 't Swemmbad!! Hahaha, vör 't... oh, Momang, nee, Swemmbad geiht jo gor nich – wo kaam ick op 'n Swemmbad –? Nee, denn funkschoneert de Witz nämlich nich – oder tominnst dröff dat nich blots 'n Swemmbad sien, dor mööt ok noch Badewannen mit bi sien – ick meen, noch beter wär jo blots so 'n Art Badeanstalt mit Wannenbäder in un keen Swemmbad dor mit bi, denn ward de Witz wat klorer, un de Lüüd kaamt nich eerst op falsche Gedanken – jo seggt wi eenfach: Badeanstalt ohn 'n Swemmbad dorbi –. So, nu noch mol vun vörn – Twee Lüüd draapt sick vör de Badeanstalt, seggt wi mol, de een kummt rut, un de anner will rin, un de draapt sick denn vör 'n Ingang oder beten wieder weg – aber ok nich to wiet, denn dat mutt klor blieven, datt de een ok würklich ut de Badeanstalt kummt un dor in de Wann seten hett... oder aber – he kann jo ok

'n Hanndook ünnern Arm drägen, denn weet de anner ok, datt he jüst vun de Badeanstalt kummt — also, de twee beiden, de draapt sick dor un de een frogt den annern — hahaha — de frogt den, de dor rutkümmt, wat... haha... wat dat binnen full weer! Hahaha, frogt em, wat dat full — oh nee, hollstop... dat is jo 'n annern Witz — nee, aber hier in düssen Witz, dor frogt he denn also nich, wat dat dor binnen nu full weer, nee, de frogt em, wat he dor binnen in de Wann seten hett! Hahaha, nu kümmst du!!! Aber tööv mol, dat kummt jo noch veel beter! Dor seggt doch de, de dor jüst rutkamen is, de seggt — oder beter: he frogt so heel unschullig: »Woso?«
Oh nee, dat kann nich stimmen, denn kummt dat jo nich hen mit de Poente... weer mi doch glieks so, as wenn dor enerwegens wat falsch weer... wat heff ick seggt — de draapt sick, un de een frogt den annern, wat he dor in de Wann... ach, klor!! Nu weet ick wedder, dat weer dat! Mann, ick wunner mi de ganze Tiet, worüm nüms lacht! Un dorbi is dat so komisch, hahaha, na, pass op, nu kümmt dat: De frogt em also, wat he 'n Bad nahmen hett!! Un de anner — weeßt, wat de trüchfrogt? Na? De frogt mit 'n unschulligen Kinnerblick: Woso —? Fehlt dor een?
Hahahaha — fehlt dor een!! Na is dat 'n Witz, wat? Wo he doch blots 'n Hanndook ünnern Arm hett, un 'n Badewann, de is doch veel grötter, de passt dor doch gor nich rin, hehehe...! Hahaha, ick glööv, ick warr nich wedder — äh... nich goot —? Hmmm... tjä, denn hett Ida woll doch recht, denn will ick man leever in Tokunft keen Witzen mehr... Aber liekers — wo de so lustig weer, hehe...

De Roh weg…

Kinners un Lüüd – wat is dat hüüt blots för 'n hektische Tiet! All sünd se an 't Jachtern, hebbt dat ielig un kiekt mi argdenkern an, wenn ick de Roh beholl un allens fein sutje maak… Naja – verstah mi recht: Gifft aber ok welk, dor warr ick bannig füünsch, wenn de mit ehre langsome un stieselige Art anfangt – dat mutt jo allens Sinn un Schick hebben, nich?
To 'n Bispill nülich in den Bäckerladen: Tövt al an de twintig Lüüd vör den Tresen, in so 'ne dreefache Slang, un de Stimmung is denn jo so un so nich allerbest, wiel datt jedeneen dat Geföhl hett, glieks snappt em de annern all de feinen Koken weg, wo he sülvst doch so spitz op weer; geiht langsom een bi een vöran, de Verköperschen hebbt jo ok blots twee Hannen. Goot. Nu aber: Vör mi is nu 'n Fruu an de Reeg. Se hett wiss al twintig Minuten töövt, de Koken hett se all ankeken, un datt achter ehr noch 'n barg hungrige Lüüd staht, weet se ok. De Deern achtern Tresen nickt ehr to – kann losgahn mit de Bestellung. De Lähdie wakt op as ut 'n sworen Droom. Ach, bin ich schon an de Reihe–?
Jo, is se.
Achso… dscha… denn hätt ich gern… villeich den Butterkuchen?
De Verköpersch grient unseker: Tjä… wie Sie wollen… ein Stück?
Nee, nee – ruhig zwei…
De Verköpersch langt nah 'n lütten Pappstriepen un packt dor twee Stück Botterkoken op. Se wickelt dat in un frogt fründlich: Sonst noch was?
Wieso? frogt de Fruu, sonst noch was – Sie sind scha gut – büschen mehr brauch ich schon noch…
De Wittschört is beten baff, wickelt de twee Stück wedder ut un frogt, woveele Stücken dat woll so ward?
Naja… also… Momang – Herbert, Karl, Tant Manda – och nee, die mag scha kein 'n Kuchen… Ham Sie auch Kekse?

Jo, Kekse gifft dat ok.
Aha... denn noch Gerti ihre zwei Kleinen, die können dscha reinhauen... und denn noch...
In den Bäckerladen ward dat still. De Verköpersch süht nu fein gesund ut, se kriggt richtige Appelbacken. Se frogt vörsichtig, wat dat mehr as föffteihn Stücken ward?
So viele –? schüttköppt de Fruu. Was solln wir mit all den ganzen Kuchen... erstmah zwei Pflaumenku... is der auch frisch?
Is he. De Plummen sünd güstern eerst vun 'n Boom fullen.
Mein Mann kriegt da ümmer Sodbrennen von... büschen Sahne lieber dazu...
Nu will de Deern weten, wat dat noch mehr Sahnestücken ward... de drögen will se lever nah ünnen...
Gott, nu drängeln Sie mich doch nich so... un überhaupt — bei diese Hitze... was soll ich da mit die ganzen Sahnestücke...
Bi lütten hebbt de mehrsten Lüüd 'n wilden Primatenblick in de Ogen. De Olsch hett se jo woll nich all...
Nah eenen Kokosbarger, twee Schnecken un een Mandelhörnchen — dat se denn aber doch lever nich hebben will — nah fiev Minuten also liggt op den allmächtigen Pappteller söben Stück Koken. De Verköpersch töövt, de Lüüd gnurrt, de Lähdie geiht in de Hocke: Wasndasda?
Dat is ut Joghurt.
Ach was — Aus linksdrehenden?
Vun düssen Ogenblick an ward in den Laden nich mehr bedeent. Is 'n Stimmung as in Cape Canaveral, wenn de Rakeet hooggeiht; kannst de Klock an de Wand ticken hören, un de Kirl achter mi gnaastert mit siene drütten Teehn. De Verköpersch dreiht den Joghurtplacken eenmol rundrüm. So, seggt se, nu issas linksgedrehten...
Dat is toveel. De Lähdie kriggt 'n stieren Blick un 'n heel liese Stimm: Wolln Sie mich uzen? Sie?
Nee, seggt de Deern, aber gern wissen was un wieviel Sie eigentlich wolln...
De Fruu piept kott un scharp as 'n kaputten Dudelsack. Hier will ich bestimmt nicks mehr... wenn Sie Ihre Kunden nich mah ausreden lassen...

Se dreiht sick — batz! — üm, drängelt sick wütig dörch twintig Piehpl, un eerst an 'n Utgang dröppt ehr de Gerechtigkeit: Se wöhlt sick füünsch an 'n Deern vörbi, de 'n grote Waffeltüüt vull Softies in de Hand harr. Harr!

Nu harr de Lähdie dat an 'n Kragen, man dat mark se seker eerst 'n poor Ecken wieder.

Ick will di seggen — so fidel as dornah heff ick noch nie nich Koken köfft...

...gifft sick de Ehr...

Is nich lang her, dor weer ick wedder mol op een vun düsse wunnerboren Festveranstaltungen — kennt wi jo: ’n Vereen hett Jubileum, ’n berühmten Macker kriggt ’n Orden oder is jichtens ’n annern Grund, gifft dor jo noog vun. Jo, un dor is mi opfullen, datt dat woll enerwegens so ’n klokes Book geven mutt, ’neem binnen steiht, op welk Art so ’n Fier aflopen mutt — Denn op ’n vertrackte Wies kummt mi een Fier jüst so vör as de annere.
De Saak fangt jümmers so an, datt ’n barg Lüüd ’n Inladung op Büttenpoppeer kriegt un togliek ’n Schreck, denn düsse Fiern sünd jümmers so ansett, datt de Gäst fein Scherereen hebbt, wenn se kamen wullt — sünnobendvörmeddags to ’n Bispill: Utslapen kannst nich, inköpen ok nich, un Meddageten gifft dat denn erst nahmeddags. Na, is egol — wenn Jan Daddel ’n Orden kriegen schall oder ’n Pries, oder dien Vereen hett Jubileum, denn mußt eenfach hen, dat büst em schullig.
Is nu Sünnobendvörmeddag, un de fierliche Akschoon kummt inne Gang. Twintig, tweehunnert oder noch mehr Lüüd staht in ’t Foyer rüm, de dachen, dat gifft vörher noch wat ümsünst to supen. Un noch ’n poor annere, man de töövt nich mehr op ’t Supen, de hebbt al ’n Lütten hatt, denn dat sünd de Mitglieder vun dat Festkommitee. Festkommiteemitglieder warrst dor an wies, datt se ’n besünners leddigen Blick hebbt; mit so ’ne profanen Saken as »Garderobe söken« oder »Wo geiht dat hier to ’n Pinkeln?« hebbt se nicks mit to doon. Se hebbt nu wat anners in ’n Kopp, se weet blots nich so nipp, wat. Vör allen luert se op de Prominenz. Op de scheet se los as de Geiers un makt mit jem Schähkhends, datt jem dat Toupet wackelt. Un nich blots dat — se mööt dat Hannenschütteln jo ok so inrichten, datt de Pressefotographen dat ok mitkriegt un düchtig knipst, nich?
Denn geiht de Fier los. Vörn steiht op de linke Siet ’n Buchsboom oder een vun dat Festkommitee — is nich veel Ünnerscheed — un op de rechte Siet ’n Kinnerchor.

Oder 'n gemischten Chor mit to veele Hannen.
Oder, wenn dat besünners bedrohlich ward, twee duster Mackers mit Vigeliin un Klaveer.
In de eerste Reeg sitt de Ehrengäst; dat heet, twee oder dree vun jem, denn op de annern tweeuntwintig Stöhl sitt de Priesdräger un sien Familie oder bi 't Jubileum dat Festkommitee.
De restlichen Lüüd in 'n Sool hoost un snieft noch 'n beten vör sick hen, denn heevt so 'n Art Dirigent sien Hand — jüst so as fröher de Henker sien Biel — un de Musik brickt los.
De wehrlosen Gäst verfeert sick bannig, un de Soolordners hebbt noch gau de Döören toslaten, üm datt ok nüms mehr utneihn kann.
Nah de eerste muskaalsche Tortur kümmt de eerste Redner an 't Mikrofon. De, de bit nu glövt hebbt, leeger kunn dat nich warrn, weet dat nu beter, he labert tominnst 'n halv Stünn — anners wär dat keen Festreed. Över wat he snackt, dat kriggt nüms vun de Gäst mit, denn se hebbt noog to doon mit jem ehr inslaapen Fööt. Poor vun jem liggt al in 't Koma un ward vun ehr Navers künstlich beatmet.
Denn so sleit de Chor wedder los.
Dat tweete Song-Gemetzel geiht toenn, un nu hett de tweete Redner sien 'n groten Optritt. Bi 'n Jubileum is dat een vun de Prominenz, anners is dat de Priesdräger. He tüdelt noch fiev Minuten länger as de eerste un makt to 'n Sluus 'n poor putzige Witze, denn de Lüüd mööt jo bitieden wedder opwaken to 'n Klatschen.
De Stimmung is nu op 'n Siedepunkt.
All glövt se, de Fier is vörbi un sammelt de letzten Knööv för den Storm op dat kolle Büffet oder de Sektbar. Man se hebbt den Chor vergeten. De is noch gräsig lebennig, un de Dirigent is de reine Düvel! Dat kumplette Repertoir mutt dat sien, dor kennt he keen Pardon!
Nah dat leste Leed makt welk Lüüd den groten Fehler, höflich Bifall to klatschen. Dat weer verkehrt, denn nu singt de gnadenlose Chor ok noch 'n Togaav.
Aber nu — nu is doch woll Sluss, wat —?
Poor Gäst staht al in de Hocke... oh nee, dat is jo woll nich möglich — dor kummt noch 'n drütten Redner! Keen is dat denn?

Sogor de vun dat Kommitee kiekt verbestert. Dat is een vun de Prominenz un he will blots noch 'n poor Wöör seggen, wiel datt he so 'n starkes inneres Bedürfnis hett un dat lett em partout keen Roh. De Gäst hebbt ok 'n inneres Bedürnis, un 'n poor vun jem frogt sick al bang, 'neem se so fix 'n niege Ünnerbüx herkriegen schüllt.

Nah den drütten Redner hollt dree Mann den Dirigenten fast, un so findt de Fier ennelk ehrn honorigen Afsluss.

De Festgäst sliekt krüüzlahm nah buten, kolles Büffet gifft dat nich un to suupen ok nicks.

Man se hebbt tominnst wat lehrt: De neegste Inladung to 'n Fierstünn verschenkt se furts. An ehr Swiegermudder oder jichtenseen , den se al lang mol een bipuulen wullen.

Un de vertellt jem denn later, wat dat för 'n grotartiges kolles Büffet geven harr und datt de schöne Fier veel to kott west weer...

Dings – ärem…

Verstah ick eenfach nich – dor lehrt de Gören nu tominnst teihn Johr Düütsch in de School, un denn steihst in de Fuhlsbüttelerstraat vör'n Ladenfinster un warrst wies, dat's allens für de Katt, för nassing sotoseggen. Denn dor kummt miteens 'n jung Poor un kiekt sick ok dat Finster vun dat Schrievwarengeschäft an. Un nu markst du, de poordusend Wöör, de du bit nu lehrt hest, de kannst di man an'n Hoot steken – dat geiht ok so:
Se: Oh, kuckmah… da, Dings, hier –
He: Wa –?
Se: Na – Dings, saachmahweischon, da –
He: Meinz –? Für Dingssaachmahgau –?
Se: Ehmehm!
Süh, dat langt al. Se gaht rin un kööpt 'n Telefonregister. Fröher büst mit 'n Hoot in de Hand dörch dat ganze Land kamen – hüüt langt Dings op de Tung.
Man wenn di de humanistische Bildung in de Mangel kregen hett, denn is jo nicks mit »Dings« – vunwegen Oohguuh un so – un seggst denn beter »äh«. So twintig Ähs op hunnert Wöör, dat bringt al wat. Vun'n Senatsspreeker an opwarts brukst di ok nich mit 'n eenfach »äh« tofreen to geven, dor kannst driest ut dat »äh« 'n »ärem« maken; dat hört sick höllsch passobel an, is 'n »äh« für de Apperklahs, will ick mol seggen –.
Blots mit »mememem« mußt vörsichtig sien, dat hört sick meist beten senil an un is denn höchstens wat för emeriteerte Perfessern oder kritische junge Dichters, as to'n Bispiell, äh, na – Dings… hier – weischon… ärem – nich?

Pling?

Is bannig wichtig, wo ick nu vun snacken will, hebbt de mehrsten vun uns Dag för Dag mi to doon, un elkeen makt dat op sien Wies, un dor lett he partout nicks op kamen! Wat he dorto brukt, is 'n Klock, 'n Wecker, denn öber dat Opstahn, dat »De – Högte – kriegen«, dat »Ut – de – Puuch – finnen«, üm dat infamigte Argernis geiht dat nu.

De een, de makt dor nich veel Gewees üm, de is noch nich so to Foot mit siene Nerven, de hett so'n feine, olle, grote, gräsige Killerbimmel, wo di bi't Scheppern de Putz vun de Deek fallt. Wenn sien Infarkt-Wecker Klock Fiev losrast, denn dreiht he sick langsom nah em üm, schüttköppt, datt dat al wedder so wiet is, un wenn de Klock denn utbimmelt hett, denn – sackt he wedder selig trüch in de Puuch un slöppt wieder, bit halvig Söben, denn wakt he vun alleen op, dor is he op instellt, un dat klappt jümmers. De annern sösstig oder hunnert Lüüd in de Mietskasern brukt denn keen eegen Klock mehr. Klock Fiev glövt se, de Füerwehr bimmelt dörch ehr Slaapkamer, un se sitt in ehre Betten mit opreeten Ogen un Puls dreehunnert. Den Trick mit Wedder-inslaapen un Vun-alleen-opstahn kennt se nich, un so hebbt se denn all 'n fein langen Dag vör sick –.

Nee, beter is so'n neemodschen, lütten, fründlichen, sutjen Summi. Ganz, ganz liesen makt he morgens mol »Pling?«, un nah 'n Ogenblick nochmal höflich »Plingeling?«, jo, un denn rattert he noch lang nich los, höögstens datt he di mol 'n lütt söte Waak-op! – Hummel dörch 'n Droom schickt, blots so, to'n Vergnögen. Den Arger hest denn twee Stünnen later, wenn du wedder mol de Tied versuust hest.

De Clou aber is de Radiowecker. Mußt di blots erst an wennen. Ick heff so'n Ding to Wiehnachten kregen. Den ersten Morgen sä op mol een to mi: Haben Sie das schon einmal bedacht? Ick keem hoog in mien Bett un reep luud: Bitte? Wat is los?

Man he sabbel al wieder: Versuchen wir es doch einfach mal, gleich heute, nur zuhören, einfach zuhören!
Ick wüß gor nich, wat los weer — tohören? Wo denn? Un wokeen steiht denn dor in uns Slaapkamer un snackt mit mi? Mien Fruu keem ok hoog un glupsch mi an.
Hest du wat? fröög se. Wat is dat hier för'n Gesabbel? Ehr datt ick antern kunn, geev dat miteens 'n höllschen Spektokel, un 'n anner Macker bölk wat vun »Volare« un »Cantare«.
Mann, wat hebbt wi lacht! Kannst sogor wedder bi inslapen, wenn di fix Möh giffst. Un de Tied verslapen is richtig spannend, kiekst all twee Minuten nah de Klock un drömst vun Wasserstandsmeldungen un swattbunte Angler-Sattel-Swien.
'n Fründ vun mi, de hett sowatt allens nich nödig. Sien 'n Wecker hett he in 'n Kopp. Obends seggt he eenfach to sick: Halvig Söben! Un denn kannst seker sien, annern Morgen, halvig Söben ward he wak un steiht eenfach op. Un hett fein kommodig slaapen, egolweg.
Dat dee mi bannig imponeeren, ick wull dat ok mol versöken. Obends sä ick klor un dütlich to mi: Söss! Un üm datt ok nicks verkehrt löppt, noch 'n poormol: Söss — söss — söss — söss! De Saak dee mi 'n beten opregen, un ick kunn meist nich inslapen. Hest 'n lange Nacht, wenn du all halv Stünn hochkümmst un nah de Klock kiekst, warrst ok fix mööd dorvun. As dat Klock fiev jümmers noch nich söss weer, bün ick ennelk deep indruselt, so bit halvig ölven.

Klapp – Orgie

Wenn ick mi vörstell, wat in'n Sommer woll wedder för spoßige Beleevnisse op mi tokaamt – kann mi gor nich fix noog gahn! Bruk ick blots an verleden Sommer to denken, de Fohrt op dat Fährschipp nah England un dat Drama mit düssen Klappstohl... Liegestohl... Deckchair... fang ick hüüt noch an to lachen!
Füng egentlich heel normal an, so as de mehrsten Dramen... De Sünn schien, de Fohrgäst driedeln op dat Sünndeck rüm, poor vun jem aalen sick in de Deckchairs, de holten Klappstöhl, ick ok.
Eerste Szene: Miss – nöhmt wi ehr eenfach Miss Brown – 'n ingelsche Lähdie also klemmt sick den lesten Deckchair ünnern Arm, söcht sick 'n free'n Platz an de Reling un stellt dat Monstrum ut Holt un buntklörige Striepenplünnen op; dat heet: se will dat opstellen. Man dat is nich so licht to, ruttokriegen wat vörn, achtern, boben un ünnen is. Se hollt dat Meubel an een Eck fast un furts fallt dat Bünnel Breder in 'ne Richtung, de se gor nich vermoden west weer. Nochmol. Se stellt de Stellaasch vör sick op, drückt an een Enn, treckt an dat annere, un de Deckchair sackt mit 'n Klappersüüfzer in sick tosamen as harr se em utknockt. Sowat makt fix Larm un Miss Brown is dat bannig schenant.
Tweete Szene: Schenant brukt ehr dat gor nich to sien, denn för wat hebbt wi Kavaleere – sogor düütsche! Detlev Sammelmann, Abteilungsleiter Versand bi Wimmer, Wimmer un Co, op sien 'n eersten Urlaubstrip nah Merry Old England mit Fruu un Dochter, Detlev weet, wat he de Völkerverstännigung un de goden Verbinnung twüschen den Kanzler vun dütt uns Land un de Queen schüllig is – he feddert dynamisch in de Vertikole, bleckt de witten Jungmännätscherhauers, lichte Verbeugung, gestatten – de Düütschen kaamt. Nah twee Sekunnen steiht für em fast: Düsse Klappstohl is 'n anner Modell as de, op den he legen hett. Aha. Man dat hett nicks to bedüden... 'n kloren Kopp is allens... dat dor sünd de Karven für de Stütten vun de Lehn... dat sünd de twee Stütten, de hört dor dörch... nochmol vör... öberweg...

geiht beten swor... just a moment, please... I'll push... push... hehe, Ingelsch kannst doch jümmers bruken ... oh yes ... there we — oh!!!

De Klappstohl heet nu Detlev. He is 'n fasten Bestanddeel vun em worrn. Beter harrn de Fulterknechten in 't Middelöller dat wiss ok nich henkregen. Mit den Striepenplacken vör 'n Buuk un den roden Baffi mang de Stellasch süht uns Detlev man eenmolig posseerlich ut; poor Lüüd fangt al an to lachen. Miss Brown is dat schaneerlich, se will em hölpen un ruckelt hektisch an Klapp-Detlev. De Stolt vun Wimmer, Wimmer un Co is nu wedder 'n Minsch worrn — wenn ok een mit 'n lädeerte Brill. De Deckchair aber süht wedder so ut as vörher. Drütte Szene: In düssen Ogenblick kümmt een vun de Crew vörbi, he is Detlev sien leste Schangs.

Can you please the deckchair... äh... you know... build up... stell down... oder so... yes —?

Jo, kann he. De Käppen — denn dat müss he jo woll tominnst sien — de Käppen stellt den holten Macker vör sick hen, gifft em mit een Hand 'n vigelienschen Slag, un de tücksche Lattenotto fallt mit 'n satten Klacks utnanner un is ennelk dat, wat he sien schull: 'n adretten Liegestuhl! De Käppen tippt sick an de Mütz, Detlev sick an 'n Kopp un dat meent he seker ok so.

Well, seggt he, Miss... it's ready... Miss —?

Miss is weg.

Is ok nich de feine ingelsche Art... eerst düssen Opstand, för nicks un wedder nicks... na, denn nich...

Veerte Szene: Middewiel sitt in Detlev sien 'n fröhern Stohl 'n öllere Fruu. Goot, nehmt wi eben düssen — Detlev sackt selig daal... ah... auah!!! Detlev liggt miteens op 'n Bodden, öber sick, dörch sick un ünner sick den Marterstohl, de nu echt in Dutt un kaputt is.

Ick heff Detlev denn mien 'n Stohl anboden, dat weer ick em eenfach schüllig för de feine Kummedi — ick meen, sowat kriggst jo nich mol in 't Ohnsorg to sehn...

Dolergraff

Mien Jüngsten kümmt nah Huus, he weer in Lüneburg west. Gifft wedder wat Nieges, seggt he. Bi de Bundesbohn hebbt se nu ok Automaten, 'neem du Poppeergeld rinstecken kannst — sünd echt »geil« de Dinger...
Woso, froog ick, funkschoneert dat denn? Mit Poppeergeld?
Nee, eben nich! meen he. Dat is dat jo — dor mußt du op Knööp drücken, mit Bookstaven op för de enkelten Bohnhööv, un denn dien Geldschien rinschuven...
Jo, un denn? froog ick. Wat passeert denn?
Nicks, seggt he dröög. Ick schull negen Mark betohlen, steek dor teihn Mark rin, boben an de Schiev lücht »Negen-Null'Null« op, un denn — nicks.
Keen Fohrkoort? luur ick.
Nee, nich mol de eene Mark retour. Geilen Spoß, dat.
Un wat hest denn makt? froog ick wieder.
To 'n Fohrkortenschalter bün ick gahn, seggt he. Dor hebbt se mi 'n Formular in de Hand drückt, dat müss ick utfüllen, un mit Schangs krigg ick enerwegens mol för teihn Mark Breefmarken trüch —.
Wat —? Breefmarken? Wat schallst dor denn mit?
Weet ick doch nich, antert he. Dat hört dor woll mit to, to dat niege Automatenpläseer; oder de Bundesbohn will nu de Bundespost mol ünner de Arms griepen — bi de ehrn Defizit... is denn »Amtshilfe«, sotoseggen...
Naja, mien Jüngsten is jo 'n heel sinnigen Macker, de is nich so licht ut de Fassong to bringen. Man annere Lüüd — also dor heff ick al welk kennenlehrt, oha! De kaamt böös in Äkschn, wenn so'n Automat verrückt speelt!
Ick heff ok mol 'n fein Beleevnis hatt mit so'n Blechheini: Op'n Sünndagnahmeddag bruuk ick noch 'n poor Blomen — ick müss noch 'n Besöök maken. Op'n Weg dorhen wüss ick 'n Automat mit Blomen in.

De Automat weer noch halvfull mit Snittblomen un lütte Blomenpött — fiev Mark köst dat. Een Heiamann harr ick jüst noch an Lüttgeld un den leet ick nu also rinkullern in dat Monstrum. Keem aber furts wedder ünnen rut. Nochmol. Wedder dat Klötern, denn — ünnen trudel he wedder rut. Wieldess keem 'n olle Lähdie un haal sick de Blomen, de ick hebben wull, ehr Doler kunn dat woll beter. Für den drütten Anloop dee ick de fiev Mark mit 'n beten Spucke nattmaken — ick harr mol hört, denn geiht dat beter, wiel datt de Doler sworer ward. Dat Ehepoor, dat sick nu infunn, keek mi argdenkern an bi mien Dolerspeen. Denn langen se sick jüst de Blomen rut, de ick mi nu utsöcht harr. Man nu: Mit 'n Schisslaweng smeet ick de fiev Mark rin, binnen klöter dat satt un tofreen, nicks keem ünnen wedder rut: Gottloov — nu hett dat klappt! Klappe op un de lesten Snittblo... — nanu... de geiht jo nich op! Wo kann dat angahn? Nochmol drücken... nicks. Man de Doler is doch binnen! Denn mutt doch tominnst de Doler wedder rutkamen... Ick drück op de Münzrückgaav — ok nicks! Ok dezentes Ballern broch den Doler nich trüch. Aber 'n Olsch an't Finster: Hatter Ihn'n was getan, wa? Oder sieht er Ihre Frau ähnlich, dasser so Haue kricht, wa? Wenn Sie 'n Reklamatschoon hahm, müssen Sie den Blumenhändler Bescheid sagn, der wohnt nebenan!

Na, goot — ick rin in't Treppenhuus, Bimmeln, Töven un denn: Guten Tag, ich hab da eben fünf Mark in Ihren Automaten reingeworfen, und nu kommt da nichts wieder raus und keine Blumen auch nicht...

De Macker schuul mi duster an. Denn gnadder he wat vun »egalweg diese billige Tour... fällt auch nicks mehr Neues ein...« oder so un slurf op Pampuschen mit mi nah buten. Un buten seeg ick grood noch 'n junge Deern, de fidel wedder vun den Automaten wegdanz — in de Hand de lesten poor Blomen; sogar fleiten dee se. De Gnaddervadder slööt den Kasten op un gnurr: Ihr fünf Mark ham Sie wohl geträumt — bitte... nicks drinnen!

Blomen heff ick keene kregen, miene fiev Mark weern ok weg. Man de Deern weer bannig happy; mi dücht, Automaten sünd ganz leege Slingel, wat?

Nich noch mol!

Op instellen kannst di dor nich un vör weglopen ok nich. Mol seggen, eben büst noch krüzfidel un seggst »Wat köst de Welt?« un denn, in 'n nächsten Ogenblick sittst dor mit an. Un dat is 'n Plaag, segg ick di, denn dor hölpt di nüms, mußt alleen mit fardig warrn, jojo –.

Mi hett dat jüst vör 'n poor Daag so aarig tosett, datt ick nu noch tatterige Hannen heff un kann nich mol de Buddel ruhig hollen!

Also, stell di mol vör, ick bün in Bremen west, Sünnobend weer dat, glöv ick, un wiel datt ick 'n beten to fröh ankamen weer, dee ick noch wat rumbummeln in dat feine Shopping-Center dor un güng eenfach so in 'n Café, 'n Tass Koffee drinken, blots so, denk an rein gor nicks dorbi – kannst jo ok nich, segg sülven: Is dor wat bi?

Sühst woll, ick denn rop in de erste Etoosch vun dat Café un sett mi dal an 'n Disch bi 't Finster. Bestell mi 'n Tass Koffee, 'n Happen to eten un föhl mi so richtig fein kommodig, keene düstern Ahnungen, keen Hartstocken, nicks.

Denn kemen twee jungen Damen op mienen Disch to, grienen fründlich un frögen, wat de Plätz an mien Disch noch free weern?

Jo, man los, sä ick, un weer jümmer noch nicks mit Pien un Bedrängnis, alles fründlich un problemlos.

Aber denn! Nu pass op! Denn, nich, denn sä de eene Deern to de annere: »Hältst du das für richtig, daß Bärbel selbst stillt?«

Wat? Wat weer dat? Weghören kannst jo nich goot, wenn di een so gegenöversit an eenen Disch.

»Glaub ich nicht«, anter de annere, »ich hab mit Lilo neulich darüber gesprochen, und die sagt auch, Bärbel hat das damals ganz schön leicht genommen!«

So. Wat schallst dor to seggen. Wenn se dat licht nimmt?

»Und Brodersen hat ihr auch abgeraten...« füng de erste wedder

an, »denn ihre Mutter hat ja damals – oder soll jedenfalls damals... ich weiß ja nicht...«
»Ach ja«, meen de annere, »weischon, irrer Trabbl damals – deswegen ist Jens auch umgezogen und hat jetzt diesen furchtbar langen Weg ins Büro – aber sie mußten ja bauen, na ja...«
So bi lütten weer ick so wiet, datt ick anfüng, mienen Koffee mit 'n Lepel to eten, so dörchnanner weer ick al. Kannst di jo gor nich tegen deffendeeren, tegen so 'ne Schicksalslawien! An 'n leefsten dee ick jo mol nahfrogen, woso dat mit dat Stillen vun Bärbel mit ehr Mudder tosamenhüng un dat niege Huus vun Jens... aber wenn ick fein oppassen dee, denn wurr ick dat woll noch mitkriegen, wat dat allens...
Dor sä op eenmol de eene junge Daam: »Tjä, denn wollen wir man mal!«
Un ehr datt ick Luft halen kunn, stünnen se beide op, nicken mi fründlich to un weg weern se.
Also, dat... dat is di... un nu?
So geiht dat jo nu nich!
So eenfach weglopen!
Erst mi mit de Story vun Bärbel un ehr Mudder so opregen, datt ick mi de Worcestersauce över mien Koken geet un denn – nicks! Ut! Rut un weg!
Kannst dat nu verstahn, wo tücksch sowat is? De Dag weer mi ganz un gor toschann, egolweg weer ick an 't Sinneeren un Spekuleeren: Will Bärbel nich stillen oder dröff se nich? Hett ehr Mudder ehr dat vörsnackt? Wenn jo, wat denn? Un överhaupt düsse Brodersen! Kummt her un raadt af! Batz! De mokt sick dat villicht 'n beten eenfach! Denn dor hett Jens jo ok noch 'n Woort mittosnacken, nich? Dat is doch ümmerhen 'n Entsluss, de Saak mit dat Huus, wo he nu so 'n langen Weg hett to Arbeit...
Överhaupt – ick kenn jo Bärbel nich, aber ick kann mi dat al fein utmolen, wo dösig he kiekt hett domols, as se em eenfach so op'n Stutz sä: Brodersen – so un so, un is nicks mit Stillen! Un ehr Mudder – dor mag ick gor nich över nahdenken: De un Brodersen – gittigitt!
Also, Jens hett mien Sympathie, allens wat recht is! Ick stell mi denn jo jümmers glieks vör, ich weer in so 'n Situatschoon – Gott

bewohr mi! Mußt bannig vörsichtig sien mit düsse Saken, anners geiht di dat as Jens! Un dien Fruu kümmt eenfach an mit ehr Mudder un tüdelt di vör, datt Brodersen nich still is...
Oh, dammi ok, kann mi gor nich wedder beruhigen...
Man soveel is seker: Wenn sick wedder mol in Bremen twee junge Damen an mienen Disch setten wüllt, denn blots, wenn se mi vörher toseggt, datt se wiss un wohrhaftig nicks vun Bärbel un ehr Mudder vertellt!
Ick bün jo ok blots 'n Minsch, nich?

As ’n Blitz

Tööv man, tööv man — du büst ok mal an de Reeg!
Jo, dor brukst gor nich öber to lachen un ok dien’n Grientje kannst di sporen! Heff ick fröher ok jümmers glöövt — ick doch nich! Jojo, he, bit dat denn miteens sowiet is. Dröppt di as de Blitz, steihst dor as fastnogelt. Echt — as fastnogelt! Denn, ick meen — dor kannst doch nich mit reken!
Süh, annerlest to ’n Bispill, dor weern wi in uns Camping-Domizil, un ick denn jo lustig un fidel an ’t Grillen un Klönen un wull so ’n lütt Stück Holtkohl opsammeln, dat vörbifullen weer, jo, un as ick wedder hoog wull, dor weer ’t passeert: Hexenschuß. De annern hebbt sick eerst wunnert un mi froogt, wat ick dor Gold funnen har, bi mien ’n wilden Utdruck üm de Snuut. Man as ick denn de neegsten Stünnen un Daag as rechten Winkel dörch de Gegend krööp, deen se mi dat glöven, un Ida hett mi Maandaag to ’n Orthopäden fohrt.
Klor, för den Dokter weer sowat nicks Nieges, un he see wat vun »Schiefstellung der Hüfte« un so un funn dat nich half so dramatisch as ick. Bi dat Röntgen hett mi ’n fründliche Deern in Witt den Rest geven un mien maladig Krüüz kumplett dörchbroken, un denn hebbt se mi to Massaasch schickt — Massaasch un Fango-Packungen. Dat Ganze heet denn: »Physikalische Therapie« un hett mit Pauer to doon.
In de Abteilung »Physikalische Therapie« hebbt se mi in so ’n lüttes Kabuff schickt. Links un rechts vun mi weern noch mehr vun düsse Fulterkamern. Ick müss mi uttrecken, wat dor »freimachen« heet, un denn keem ’n Therapie-Lähdie rin mit de Fangopackung. De Fangopackung süht ut as — man dat dröff ick hier nich seggen. Is aber veel heeter. Ick müss mi dor op leggen mit mien Krüüz un harr dat Geföhl, ick weer ’n Pomfritt. As de eerste Schock vörbi weer, kunn ick ’n Veddelstünn vör mi hen drömen. Dat weer ’n infernalischen Droom. An de linke Siet wurr een masseert. De Masseur mutt de reine Berserker west sien — ick kunn

nich mol mitkriegen, wat he dor nu 'n Mann oder 'n Fruu in de Mangel harr: Dat Stöhnen vun dat arme Opfer weer nich vun düsse Welt. An de rechte Siet weer 'n Krankengymnastin innegang. Langtiets weer ick mi nich seker, wat se nu 'n Roboter oder 'n normalen Minschen vör sick harr, denn so 'ne abartigen Bewegungen, as se dor verlangen dee, kunn ick mi nich mol inbillen. Un dorto harr se noch 'n leeve, weeke Stimm – grugelig!

As ick jüst inslapen dee, weer mien Fangofilm toenn, un de Masseur keem rin. Bit nu harr ick meent, Masseure süht ut as Catchers oder Kanzlers, man mien Masseur segg ut as du un ick – naja... as ick nich, denn he harr keen Hexenschuß, man animalische Pauer kunnst em nich ansehn.

Bit he denn anfüng. Wiel datt ick an mien Leven hang, wull ick em noch dor op henwiesen, datt he blots nich dor ünnen rechts... dor dröff ick gor nich anfaten... man dat weer al to laat. Akraat düsse Steed harr he sick utsöcht för sien rasante Knetouvertüre. So mutt uns Wiehnachtsklöben tomoot sien ünner Ida ehre gnadenlosen Griffel. He walk mi den Rüggen dörch, as wull he mi partout dörch de Dodenbahr pressen, op de ick leeg. Ick heff nicks seggt – tominnst hör sick dat nich mehr so an. Nah twintig Minuten weer he fardig, un ick dach, so mutt dat sien, wenn du öbern Jordan büst – dor liggt dien slappen Boddieh un hest mit em afsoluut nicks mehr to doon. Dat Bünnel Fleesch un Knaken noch mol to röhren, kunn ick mi nich vörstellen.

Man denn keem de grote Öberraschung: As ick versöch optostahn, dor föhl ick mi as 'n jungen Gott! Hexenschuß? Pah! Ick doch nich! Dat Geföhl duur twee Stünnen. Dat neegste Mol al fiev Stünnen un hüüt, nah söss Massagen kann ick gor nich glöven, datt ick mol... blots wenn ick opstah vun mien 'n Stohl hier... kann sien... un wenn ick neegsten Dingsdag nich in 't Radio bün – denn bün ick wedder bi de Massaasch...

Rockerwien

Tjä, tjä, tjä – du sittst dor un fleitst di fidel een un weeßt vun nicks wat af... so as güng di dat nicks an... is jo noch lang nich so wiet, denkst du woll, un bit dorhen bün ick al op 'n Kien, jojo, so mak man wieder! Warrst al sehn, wat du dorvun hest! Un kumm mi blots nich an, dat harrst nich wußt, sowat kannst mi nich vertelln! Wenn de September op 'n Rest geiht, denn heet dat för jeden, de nich so 'n ganz kaputten Typen is, sick bitieden to verdeffendeern, denn achteran hölpt em nüms! Tjäwoll, so süht dat ut.

Ick meen: alleen wo dat Düvelstüüch utsüht: Dor kannst doch angst un bang bi warrn!

Naja, smecken – dor kannst nicks tegen seggen... man dat is jo dat Leege – as Minsch settst di hen, un as Monster steihst wedder op!

Un denn vör allen in düsse unanständig groten Demiongs – sowat weckt doch de afartigsten Instinkte! Ick heff mol een kennt, de hett blots teihn Glöös dorvun slabbert un is denn Politiker worrn; dat kümmt dor denn bi rut!

»Rache des Winzers« nöömt de enen dat, un de annern snackt vun »Rocker-Wien« oder »Sidol-Versnitt«, blots de Weerten seggt dor »Federweißer« to.

De dat drinkt, seggt dor mehrsdeels nicks to, wiel datt he nah een Glas blots noch mit rode Ogen in de Gegend stiert un liesen vör sick hen blubbert.

Un laat di blots nicks vörmaken, vunwegen dat is eenfach jungen Wien, de noch keen Pauer in sick hett un is meist nicks anners as Druvenlimonaad! Un denn ward di fein Zippelkoken serveert un schallst de Killerbröh blots achterangurgeln, üm datt dat ok rutscht – denn büst al in de Grütt! Ick mutt dat weten, denn ick bün mol bi so 'n bachantisches Delikt meist öber Jordan gahn. Ick weet dat noch, as weer dat güstern west, wo ick nah dat sösste Glas op 'n Disch krööp un dach, ick weer 'n Hubschrauber, un

wo miene Mackers all de bunten Positschoonslüchten anmaken deen, un ick denn jümmers – brumm, brumm – in 'n Kring rüm un to 'n Sluss de Nootlandung – gah mi blots af!
Den Zippelkoken harr ick mi sporen kunnt un ok de Arften vun 'n Dag vörher.
Federweißer – dor is düsse witte Wirbelwind ut de Televischen-Werbung man 'n möden Softi tegen, un de Wirkung is nich anners as bi Formalin – hollt allens propper un frisch, as harrst dat nie nich in 'n Magen hatt.
Man as ick al seggt heff: Vun den Smack kannst würklich nicks seggen. Un wenn du di so as Odysseus vörher an 'n Mast fastbinnst, denn kann di ok nicks passeern. Blots – heff du mol allerwegens 'n Mast bi de Hand!
Also nah mien Meenen kannst mit düssen Slucktaifun an besten fardigwarrn, wenn dor mit Tiehmwörk rangeihst. Söchst di 'n sutjen, honetten Partner, vun den du weeßt, datt he keen Gangster, Künstler oder Finanzbeamten is, stellst di mit em Rüch an Rüch un binnst di mit em tosamen. Denn so fritt he den Zippelkoken un du suupst den Federweißen. Dor hest veel Godes vun. To 'n eenen makt di sien Zippelkokenaten nich swinnelig, wenn he an 't Bölken is, wiel datt du nah dat twölfte Glas dien Muul nich mehr dröppst – un smecken deist den Wien jo mit de Tung un nich mit dien Partner sien 'n Nacken – tweetens kannst nich ümkippen un drüttens föhlst di nich so alleen as Hubschrauber – hest jo 'n Piloten an Bord.
Gifft jo ok Lüüd, de nippt dor blots an un swöögt denn vun »deliziös« un so. De spinnt. Denn nippen kannst ok an Water, ohn datt di wat passeert. De hier mitsnacken will, de mutt sick eerst freeswemmen in den Federweißen. Un weeßt wat – morgen maak ick dor mien Fohrtenswemmer in, un wenn du Lust hest – wo weer dat mit 'ne Staffel?

Auto-Knigge

Düsse gräsigen Stories vun Lüüd, de bi 'n Schippsünnergang an 'n ennsam Insel dreven sünd un dor bösen Trabbl kriegt, wiel datt se nich mitnanner utkamen köönt, de kennt wi jo seker all. De een weet dat beter as de annere; wenn blots een Fruu dorbi is, kriegt sick de Mannslüüd in de Wull, un noch mehr Terror gifft dat, wenn dat annersrüm is – also blots een Kirl un poor mehr Deerns; kiekt sick all dat Eten in 't Muul – na, un so wieder. Is eben nich eenfach, op so 'n lütten Placken tosamentoleven.
Nu gifft dat so 'ne Situaschonen aber nich blots op eensome Inseln, nee, de gifft dat ok bi uns, in de ziviliseerte Welt, Dag för Dag, meist allerwegens, un hett jedeneen vun uns mol mit to doon. Denn Auto fohrt wi jo all mol, nich? Süh, un dat is nu dat grote Mallör, datt dat bit nu noch nich so 'n Auto-Knigge gifft – tominnst kenn ick keen. Stell di blots mol vör: Veer oder fiev egentlich freedfardige Lüüd sitt för 'n poor Stünnen in een Auto – glöövst jo nich, wat dat för 'n barg Scherereen gifft!
Seggt wi mol, to 'n Bispill, in 'n Winter: Toeerst jammert se all rüm, datt dat so kolt is, un man jo fix de Heizung ansmieten! Denn ward dat vörn mollig warm, de Fohrer dreiht de Heizung rünner un de Lüüd achtern fangt an: Wird dscha gah nich warm hier! Glaupzu, wir wolln uns Frostbeulen inne Nase holen?
De Hevel ward wedder op Warm stellt, man de Fohrer kümmt al in Sweet un dreiht bi sick de Schiev 'n beten daal. Furts kümmt dat vun achtern: Da kriss ja 'n steifen Hals bei! Fenster zu!
Bi lütten is dat nu ok achtern heet worrn, un nu nudelt de ehre Finster daal. De Asch vun den Bifohrer sien Zigarett suust dörch den ganzen Wogen un achtern wedder rut – igittigitt! Dat Gelaber kann he nich af un stickt de Zigarett vörn in 'n Aschbeker – hett ehr aber nich ganz utdrückt. Nu qualmt se fidel vör sick hen, de Fohrer kriggt al 'n roden Kopp un nimmt sick fast vör: Sien neegsten Wagen is 'n Coupè, för twee Personen.

In 'n Sommer is dat ok nich beter, bi so veele Lüüd gifft dat so un so Arger; twars nich wegen de kollen Fööt – nee, düttmol wegen Fohrtwind, Snööf un Triefogen.
Un wiel datt dat nu so is, heff ick hier sotoseggen 'n Art Auto-Knigge erfunnen, mit Güllen Regeln, de schullst di man fix marken, also: Tovörderst – Finster opmaken eerst vun hunnert Stünnenkilometer an opwarts, un ok blots ganz rünner dreihn – dor köönt de Lüüd achtern denn nicks mehr seggen, oder tominnst hörst dat nich. Denn so: All mööt se mit Andeel nehmen, bi 't Fohren, de Fohrer is nämlich so 'n Art Computer, de Programme brukt, anners funkschoneert he nich. Vör Krüzungen seggt de Bifohrer vörn an 'n besten kott un scharp »Achtung!« un de dree Lüüd achtern »Langsam – langsam«, »Links!« un to sülvige Tiet »Vorsicht – rechts!«. Sowat nöömt sick Kommunikatschoon. Noch beter is dat, wenn de, de achter den Fohrer sitt, hektisch an sien Rüggenlehn ruckelt un em mit een Hand vör de Ogen rümfuchtelt. Wichtig is ok dat Radioprogramm. Fiev Minuten dat sülvige makt den Fohrer blots mööd, un dat dröff jo nich sien! Radio op full Pauer stellen un all half Minuut 'n annern Sender söken! Kannst di op verlaten: Da komp Freude auf! Eten un Drinken bi 't Fohren makt ok düchtig Spoß, sünnerlich mit Bruus, de prickelt so schöön in den Fohrer sien 'n Nacken, un mit Vanillecremesnitten mag he to un to geern fodert warrn –. Ok Kääs is nich slecht; dat gifft Sorten, dor langt föfftig Gramm vun Flensborg bit München.
Un as Clou ward achteran fix een sungen. Wenn nich all de drütte un veerte Strophe kennt, makt dat gor nicks.
De singt de ın wiss 'n Ogenblick later de Engel in 'n Heven –.

Ding — Dong

As ick annerlest Johr op 'n Urlaubstrip dörch England weer, seeg ick in so 'n lütten Laden för ollen Krimskrams 'n Döörklopper: Hamlet mit 'n Kopp ünnern Arm, ut Messing, echt antik. Heff ick mi köfft un hangt nu bi mi an de Döör vun mien Arbeitskamer. Un ick legg dor groten Wert op, datt een, de to mi will, dor eerstmol düütlich an klappern deit… un ick stell mi denn vör, wat för Lüüd düssen Klopper woll vör hunnert Johren anfaten hebbt, wonehm dat Ding öberhaupt hüng un wat sick doch de Minschen in all de Johren so utklamüstert hebbt, üm datt nich jedeneen so op 'n Stutz to jem in de Kamper stulpern kann…
De ollen Ritterslüüd harrn jo Fallbrüggen, de weern bannig praktisch. Mol seggen, dor keem de Swiegermudder to Besök, denn leten se de Brüch eenfach baben un repen, de Brüch dee klemmen, leider, un datt se al 'n Boten utschickt harrn nah'n Handwarker un dat duur wiss nich länger as veer Weken… Wenn de olle Daam denn nich dörch den Burggroben spatteln wull, müss se eben wedder ümdreihn un nah Huus trüch —.
Hängebrüch geiht hüüt nich mehr so goot, bi de lütten Gaarn vör de Hüüs, un in 'ne Mietskaseern sowieso nich. Man stattsdess hebbt de Lüüd »Spione« in de Huusdöörn. 'n »Spion« is 'n lüttes Lock mit 'n umdreihten Fernkieker binnen. Vun buten nah binnen kieken, dat geiht nich, man vun binnen nah buten — dat makt Spoß. Nehmt wi mol an, dat bimmelt an de Döör: Du sliekst liesen hen un plierst dörch dat Kieklock. De buten steiht, hett di nich hört. He pliert di deep in 't Oog, un du markst richtig, wo he an 't Spekuleern is — is dor nu een tohuus oder nich? Nu stiert he an de Deek, an de Wand, de Döör rop un rünner, denn bimmelt he to 'n tweeten Mol. He lustert achter dat Bimmeln ran. As ok dat nicks hölpt, schüttköppt he un schuult dien Oog nochmol argdenkern an; denn gifft he op.
Nee, gifft he nich. He bimmelt bi dien Naver, güntsiets. De makt furts op, denn vun em will de Besök jo keen Geld. Nu kiekt se

beid nah di röber. »Muß aber da sein«, seggt dien Naver, »sein Auto steht vor der Tür, un Licht brennen tut da drüben dscha auch...« — se kaamt nu beid to di röber: »Hallo...« — he bimmelt. Na, nu makst du beter op un deist, as keemst du jüst ut de Puuch; anners gifft dat noch 'n Volksversammlung vör dien Döör —.

Lüüd mit 'n kulturellen Tatsch hebbt keen Bimmel, de hebbt 'n Gong. De Gong makt: Ding-dong! Oder: Ding-ding-dong! Oder Ding-dingedingdin-dongdong! Wenn de Gong beten twei is, kriggt he 'n Rappel un 'n Dindonghosten: Dedededingdong-dongdong! Welk Lüüd mit 'n sadistische Ader hebbt sogar 'n Gong mit Musikprogramm: Kümmst dor in 'n August hen, bimmelst, un binnen as de Pausaunen von Jericho: Oh Tannebaum! Und sünd nich blots de eersten Takte — bi Beethoven sien Negente denkst echt, du büst in 'n Kunzert un fangst al an to slapen —. Miene Navers hebbt sick so 'ne malle Musikbimmel toleggt vunwegen ehrn Hund. De dee nämlich jümmers bellen, wenn dat an de Döör bimmel. As dat nu loosgüng mit »Here comes the bride«, dach he woll, dat is dat Radio oder so, man ok 'n Hund lehrt jo wat to; nah veerteihn Daag harr he mitkregen, datt dor, wenn de Dingdongbruut keem, ok een an de Döör weer — de Belleree füng wedder an. Tjä, twölf Leeder hett de Gong, un so bruuk Pfiffi 'n halv Johr, sick dor op intorichten, un uns Navers kunnen sick 'n halv Johr vun sien Belleree verhalen.

Man se mööt dat nu düür betohlen. Denn Pfiffi harr dat 'n beten dörchnannerkregen: bi den eersten Toon Musik ut 'n Radio fangt he nu an to bellen; wenn dor aber een an de Döör is, denn kiekt he plietsch un wackelt stumm mit 'n Steert as wull he seggen: Dor fall ick nich mehr op rin!

Slangen

Also – ick heff jo wat tegen Slangen.
Nich, datt ick hier nu wat tegen Ida seggen will – nee, dat nich, denn dor sünd Slangen jo noch... äh... op jeden Fall – düsse Art Slangen meen ick ok gor nich, nee, seggt wi mol, du büst in de Sporkass oder bi de Post, un blots een oder twee Schalters hebbt open und dorvör – oh Mann – 'n Slang, kann ick di seggen, dor hest dat Geföhl, dien lütte Kinner gaht op Rente, ehr datt du dor an de Reeg büst – du stellst di dor also ganz achtern an, drievst stünnenlang Intensiv-Studien dor öber, woveele Schuppen dien Vördermann op sien Jackenkrogen hett un worüm, argerst di teihn kolle Winter, datt di de Olsch achter di egolweg in Nacken püstert un datt dat dorto ok noch gräsig nah Eukalyptus rükt, hest to 'n Sluss blots noch twee Lüüd vör di un al tweeuntwintig achter di un fangst meist al an, di to högen, datt du nu ennelk an 'n Drükker büst – dor röppt op mol een: Benutzen Sie bitte auch die drei anderen Schalter, die jetzt öffnen! Un all de, de eben eerst kamen sünd, suust dorhen, ward noch vör di bedeent un du kummst di so richtig fein beschüert vör mit dien ganze Töveree...
Oder bi 'n Slachter. Links, bi Fleesch un Knaken, dor geiht dat jo noch, dor steiht blots de Meester un sien Macker un kummt fein sutje een nah 'n anner an, is 'n seeker Saak, aber rechts bi de Wüst! Dor staht veer, fiev Frunslüüd un bedeent, un dorvör 'n groten Pulk, vun den du nich weeßt, wat dat nu fiev lütte Slangen sünd, so för elkeen Verköpersch een Slang, oder een grote Slang, un geiht ümmer sutje vun rechts. Oder vun links. Oder vun de Mitt. Oder nah de Grött. Oder nah dat Utsehen. Op jeden Fall geiht dat anners as du di dat vörstellt hest, un du büst egolweg frustreert, wenn du dor wedder rutkümmst.
De Slangen an de Fohrkortenschalter in 'n Hauptbohnhoff hebbt echt wat Schicksolhaftiges an sick. Klor, wenn dor to 'n Bispill söss Slangen sünd mit söben, acht Lüüd in un een Slang mit blots dree Lüüd, denn kannst di wohrschauen un stellst di dor op

keenen Fall an, denn dat seggt di al dien gesunnen Minschenverstand, datt dor wat nich stimmt – kann sien, dor will een sien Geld trüchhebben, wiel datt he keen Finsterplatz hatt hett, oder de Schalterbeamte hett tohuus Krach mit sien Fruu hatt oder so –. Aber wenn de Slangen all de sülvige Läng hebbt, un dat geiht bi de een wat fixer, denn jumpst dor gau röber – un büst ansmeert, denn nu geiht un geiht dat dor nich wieder. Un de anner Lüüd, de in dien olle Slang achter di weern, sünd nu al an de Reeg un grient di minnachtig an –. Dor mußt di denn fix in de Gewalt hebben un so kieken, as markst du dat gor nich.
Wenn een Dag för Dag inköpen deit, denn mutt he gau lehren, sick tegen de sogenannten Slangenkiller to verdeffendeern. Dat sünd de Lüüd, de blots mol eben de Verköpersch wat fragen wullt un dor denn stahn blievt un miteens hebbt se, wat se wullt – kannst gor nich so gau mitkriegen.
Mi dücht, dat Talent to 'n Slangenkiller is »geschlechtsspezifisch« – ick heff noch keen Mannslüüd sehn, de sick so brutal vördrängelt. Dor sünd de Mannslüüd veel to sensibel to. Un hebbt woll ok 'n veel grötteres »Gerechtigkeitsempfinden«... Höögstens, datt wi mol wat vergeten doot, un dat 's jo klor, denn brukst di jo nich noch mol antosluten, denn geihst glieks nah vörn un appellierst an de Mudderinstinkte in de Verköpersch un de Frunslüüd in de Slang, de denn blots schüttköppt öber den dösigen Kirl, de so veel vergeten hett...

Nummern — Salot

Middags Klock twee, ick leeg tohuus op 'n Sofa, beten dösen, harr jo Ferien.
Dor bimmel dat Telefon.
Wollen Sie meine Adresse? sä een an't anner Enn.
Worüm? fröög ick.
Wegen Kirsten, sä he.
Kirsten... 'keen is dat denn?
Die Kirsten bei Ihnen, meen he.
Ick kenn keen Kirsten, anter ick, hier is Bärthel, dor mööt Se sick woll...
Schiet! sä he un hüng op.
Na, ick lä mi wedder hen, Gediegen, sowat —. In mienen eersten feinen Droom bimmel dat wedder. Ick hoog. Jo? sä ick, hier is...
Kirsten, weiß ich doch, seggt 'n Kirl. Wenn kommzudenn, mein Süße?
Öberhaupt nich, anter ick, ick heet Bärthel un heff mit düsse...
Wassu fürn dunkle Stimme has, Kirsten, glucks he, da steh ich unheimlich auf...
Dat hett 'n Tiet duert, bit he mi vertell, datt mien Telefonnummer in'n Zeitungsinseroot stünn, vunwegen püschologische Partnerwahl, un Kirsten töövt al, blots eenfach anropen —. He wörr bannig gnadderig un meen, dat harr he sick sporen kunnt, denn he rööp ut Flensborg an.
Bit obends hett dat noch tweeundörtig Mol bimmelt. Eenmol weer dat sogor 'n Fruu, de achter Kirsten ran weer. Heff mi richtig grugelt —.
Ick heet Hermann, sä ick, un Kirsten, de is nich...
Superb... fleit se, auch gut — wann besuchst du mich denn mal, Männe —?
Also — dat dröff ick mien Fruu gor nich vertellen...

Lege Attacken

Dat weer 'n Sünndagnahmeddag as he in 'n Book steiht, buten schien de Sünn, binnen seten wi üm'n Koffeedisch; de Kokengobels klappern liesen, in't Radio Frankieboy, un an de Schiev summ 'n eensom Fleeg, de woll ok ehrn frien Sünndag harr —. Schokolodentoort eet ick für mien Leven geern, sünnerlich mit söten Rohm, mit Schlackermaschüh. Weer so richtig freedfardige Stimmung, un 'keen mien Familie kennt, de weet, dat is 'n gefohrvull Teken, dor mußt bannig op'n Kien sien. Kokengobels sünd lütt, un mien Smachter weer groot. Fröher harr mien Mudder mi jümmers 'n Kleckerbuschen vör'n Buuk bunnen, hüüt geiht dat nich mehr so goot — eenmol wiel datt mien Mudder nich dor is un to'n annern, wiel dat so grote Kleckerbuschen nich gifft. Mien Riesenportschoon full mi denn so op dat Oberhemd. Is jo keen Drama, un ick denn furts rop un mi 'n nieges Hemd antrocken, dat ick mi 'n Dag vörher as Sünnerangebot för 'n poor Mark köfft harr.
Na, kiek an, sä Anna, he hett al wedder 'n nieges Hemd!
Dat is wohr, meen Ida. Heff ick noch gor nich sehn — hest woll vör mi versteken, wat?
Pah, anter ick, dat heff ick ok jüst nöödig! Wenn ick mi all Jubeljohr mol 'n nieges Hemd kööp...
»All Jubeljohr« is goot, lach Anna, hehe, denn hebbt wi woll 'n richtigen Jubelgreis in de Familie, hehehe...
Swieg blots still, meen ick, diene Blusen kannst jo al nich mehr telln, de du in'n Schapp hest!
Woso... fröög Ida argdenkern, denn wenn sick ehr Süster wat Nieges antotrecken köfft, ward se glieks fix munter. Hest du al wedder 'n niege Bluus — —?
Tjä, und? Anna lepel vörnehm mit 'n afstellten lütten Finger ehr Schokolodentoort. Geiht jo woll ok nüms wat an, oder? Nu kreeg Ida ehrn Sozialfall-Blick, un dat kenn ick al, dat löppt jümmers op mehr Geld rut.

Ick heff noch to doon, sä ick gau un wull mi verdrücken.
Wullt woll dien anner Hemden tellen, de du di noch köfft hest, wat? reep Anna mi nah.
Jojo, mit mi köönt Ji dat jo maken, ick bün jo blots 'n Fruu... Ida weer in Hoogform.
So is dat, hau Anna dortwüschen, de Mannlüüd gaht eenfach hen un kööpt sick, wat se man wullt, un wenn wi ok blots dat Notwennigste brukt, denn is de Baart glieks af un...
Also dat is egenortig — jüst noch legen sick de Twee in de Hoor, un nu tücksch un rasant op mi los!
Ick weet twars nich, worüm, sä ick, man wenn Ju dat so intresseert, denn will ick geern mol optelln, wat ick mi in de lesten twee Johr köfft heff...
Jo, bitte! As op Kommando beid op mol. Wi töövt!
Dat weer nu 'n taktischen Fehler, dor kannst noch so gode Argumente hebben — op sowat dröffst di gor nich eerst inlaten... sogor de Fleeg an de Schiev summ nu wat böösartiger —.
Ick versöch dat op 'n anner Art: Kiekt mol — markt Ji denn nich, datt Ji al richtige Opfer vun den Konsumzwang sünd?? Datt gifft doch noch wat anners op de Welt as düsse dösigen Klamotten, un de Modetyrannen drievt doch 'n schännlich Speel mit Ju Fruunslüüd, dat markt Ji doch ok — Ji sünd doch kloke Fruun un...
De kloken Fruun töövt... sä Ida luurig.
Doot se, doot se! sett Anna dor to.
Nicks to maken. Wenn de sick wat in'n Kopp sett hebbt, sünd se gnadenlos as Dieter Thomas Heck — nicks hollt jem denn mehr op.
Laat uns doch mol nahkieken in sien Schapp, slöög Anna vör, denn brukt he sien'n armen Kopp nich so to strapazeern...
Dat is doch Tühnkraam! reep ick noch, dor weern se al nah baben lopen, un ick achteran. Sluss mit dat Theoter! dunner ick. Dat is alleen mien Saak, wat ick in mien Schapp heff!
Hest dat höört? sä Anna fründlich. Speelt he wedder den Diktator —?
So süht de ut, anter Ida grimmig, de Grootvaddertieden sünd vörbi, wi sünd gleichberechtigt hüüt; wat sien is, is ok mien! As

ick al seggt heff – dat leep wedder op Geld rut, dor hebbt mien tweie Ünnerbüxen ok nicks holpen.
Bi't Obendbroot meen Anna, Ida harr dat würklich good, as gleichberechtigte Ehefruu... se dorgegen as arme leddige Fruu...
Nu weer se an de Reeg mit ehrn Sozialfall-Blick un ick kreeg vun Ida 'n Lekschoon in praktische Solidarität –.
Also wenn dat 'n Sünndag weer, as he in'n Book steiht, denn kööp ick mi keen Büx wedder; heff ick ok gor keen Geld mehr för...

Op em mit Gesabbel

Mußt di gor nicks bi denken, wenn dat eenfach so dröög ankünnigt ward in 't Radio, de poor Minuten vun »Hör mol 'n beten to« to 'n Bispill; de Spreker dröff dat nämlich nich, so mit veel Gefȯhl un Bebern – oder ok Ekel – in de Stimm, dat mutt allens streng rejell un sachlich blieven. Weer jo ok gediegen, mol seggen, de een sä: Neihein – ist denn das zu fassen! Schon wieder ist es Zeit für... – na, un so wieder. Oder jüst so egenartig klüng dat: Ich bitte um Entschuldigung, meine Damen und Herren, aber was soll ich machen – diese... äh... Mundartsendung fängt schon wieder an – nun, die paar Minuten gehen auch vorüber... nee, dat is jo ganz klor, sowat geiht nu mol nich.

Aber denn, in dien Privatleben – du, dor geiht dat! Dor kummst ut 't Wunnern nich wedder rut, wat du mit 'n poor Wöör allens anstellen kannst. Un kümmt jo nich blots op de Wöör sülvst an, nee, ok op de sogenannte »Sprachebene«, de du di utsöken kannst. Nehmt wi mol 'n Bispill, üm den Ünnerscheed düütlich to maken... also, de Situatschon is de: Ehemann kummt to fröh nah Huus un findt sien Fruu bi 't Knutschen mit 'n Kirl, den he noch nich mol kennt. Nu söök di mol ut, wat för 'n Snack an 'n besten passt: Nummer een, Theoterdüütsch: Herrr! Sie küüsten meine Gattin? Auf den Muuuund? Hah! Diese Schemaach! Du Schewert zu meiner Linken – in den Schtaub soll mir der Bube sinken!

Na, wat meenst – is dat goot? Man töö̈v eerst mol op Nummer twee – Missingsch: Na saachmah – bin ich hier in Kino oder was? Hassu meine Alte ehm 'n Tüschi gegeben oder wie seh ich das? Hass wohl 'n Rad ab, wa? Kannz schon mal 'n büschen röcheln, Macker – gleich biech ich dir den Nüschel krumm!

Is woll 'n beten to direkt, dücht mi, denn doch lever op Platt, dat geiht di jo mehr an 't Hart, hört sick meist al wat kommodig an: Düvel ok – hest du mien Deern eben 'n Sööten geven? Dat is jo woll nich to glöven... Segg mol – wullt du mi an de Farv kamen?? Achso, du büst de Veehdoktor un hest blots dien Brill tohuus laten? Mann, heff ick mi verjogt, hehe, uns Koh steiht doch in 'n Stall, un de is 'n Döör wieder lang! Tjä, dor mööt wi aber eerst mol een op drinken, wat? Proost denn ok, un ick heet Krischan!

Man wenn di Theoterdüütsch to stief, Missingsch to ordinär un Plattdüütsch to sinnig is, dann versök dat doch mol mit Behördendüütsch: Sehr geehrter Herr/Frau/Fräulein! Betrifft Annäherungsverfahren nach Paragraph ZwoviereIf, Ziffer sechs, Abschnitt römisch drei: Sie werden hiermit letztmalig aufgefordert, die laut Neufassung vom 12. 1. 1842 als sittenwidrig deklarierten Aktivitäten binnen einer Frist von neun Monaten einzustellen. Bei Zuwiderhandlung erfolgt gebührenpflichtiges Abschleppen.

Na, ick weet nich – finnst dat beter? Also nah mien Meenen passt de een Snack jüst so slecht as de annere. Gifft eben Situatschoonen, wo de besten Wöör to veel sünd, dor heet dat eenfach fix to reageern.

De een, to 'n Bispill, de haut sick vör Vergnögen op de Knee, wiel datt he ennelk mol 'n frien Obend hett un löppt furts in sien 'n Kegelklub. De anner haut sick nich op de Knee, de haut den frömden Macker düchtig op de Birne – ok dat maakt Vergnögen. De Drütte halt sien Schachbrett rut, un denn schickt se beid de Fruu to 'n Kegelobend.

Jo, so is dat mit de Spraak – mennigmol is se di blots in 'n Weg.

De echten Schocker

Nee, gor gifft dat gor nicks, dor laat ick mi nich vun afbringen — dat Beste in 't Fernsehen is nu mol de Werbung! Man schood finn ick jo, datt se düsse intelligenten Mini-Dramas egolweg blots för de hoogdüütsche Minnerheit dreiht, un de Plattdüütschen köönt sick wedder mol de Nees wischen —. Dor mutt sick doch mol wat bi ännern laten, meenst nich ok — ? Ick kunn mi al vörstellen, wat dat för 'n grotartige Saak weer.
Seggt wi mol to 'n Bispill so: Hansi! Hansi! Piep, piep! Wat piept mien Hansi denn hüüt... oh — kiek mol Mudder... Hansi is jo richtig doodbleven! Un süht ut as 'n Football — hest du em oppumpt — ? Nu kümmt 'n deepe Stimm vun baben: Hüüt noch kregel un lebennig un morgen al in 'n Ammer... »Schilddrüse« heet dat Mallöör, un wenn dor nich op 'n Quivive büst, hett dien Pieper miteens ok so'n Drüüs an 'n Hals! Denn so Broot — S — Twölf — Krümel, de gifft de Tähnknieper sien 'n egen Familie ok jümmers!
Denn gifft dat 'n Snitt, un Mudder steiht in de Köök un treckt Vadder sien bestes Hemd ut de Waschmaschien un fehlt denn blots een Ärmel. Man du markst glieks, Vadder is echt suur, he is eben krüüsch un ballert denn ok glieks los: Himmikreizsakrament noch amol, a so a Schlampen, a depperte — nee, holl stopp du, dat is jo de Speziolfassung för de südlichen Bergvölker — för uns brüllt Vadder: Heff ick di dat nich glieks seggt? Du schallst nich jümmers de Messers un Gobels mit rinpacken! Un Mudder kiekt denn truurig as 'n kastreerten Schwarzenegger un röppt bang un beberig: Wat maak ick blots, wat mack ick blots? Un miteens is ok al de Retter, 'n fidele propper Deern dor, nickköppt fründlich, grient beten, hollt dat tweie Hemd hoch un seggt: Jojo, kaputt is eben nich in Dutt! Un denn so jumpt se 'n groten Ammer op 'n Disch un seggt: Mit Larifariel is dat keen Problem!, stoppt dat Hemd wedder rin in de Maschien, beten Larifariel baben rin, un 'n Ogenblick later treckt Mudder mit

Tranen in de Ogen Vadder sien bestes Hemd to 'n tweeten Mol ut de Maschien, hollt dat hoog, un düttmol, gottlov, düttmol sünd beide Ärmel af...

Snitt, nächste Szene: Familie Hansen schall Besök kriegen, Fruu Hansen hett jüst den Koffeedisch deckt, dor kummt ehr Gatte rin, un se fleegt em an de Bost: Hach, Schatzi – nu kann dien Chef un sien Fruu kamen, wat? Allens propper un in de Reeg! Man he schuult blots mit dezenten Ekel üm de Lippen nah de Koffeekann röber: Jo, Deern – is jo goot... man de Koffee, also dien Koffee, dat is nu würklich nich... weeßt noch, wo wi bi mien letzten Chef, as he to 'n Koffee hier weer, wo wi dor de Füürwehr halen mussen, so 'n Sodbrennen harr de kregen...! Jo un denn danzt ut 'n Buffet oder so – dat is so 'n speziellen Gag in 't Werbefernsehen – dor danzt miteens de Fründin vun Fruu Hansen an un gifft ehr furts mit echt veel Güte in de Stimm 'n goden Ratslag – denkst eerst, dat is wat tegen Mundgeruch oder so – un is denn aber 'n heel annern Koffee, wat denn jo nu würklich de wohre Jacob sien schall, un in 't neegste Bild seet se all üm 'n Disch un drinkt düssen niegen Koffee. Chef kiekt sien Gattin an, Gattin den Chef, un beid wunnert se sick över den egenortigen Kakao...

Jo, un to 'n Sluss noch wat för de Gesundheit: Smucke Finkwarder Deern mit 'ne echte Finkwarder Tracht an rekelt sick op 't Kanapee, Finster weiht op, Deern bölkt: Huuch!, un Graf Dracula steiht miteens vör ehr mit sien swatte Slabberjack – man düttmol nich ut 'n Schapp, düttmol is he vun buten, dörch dat Finster rinflagen; he slickt op dat Finkwarder Küken to, bleckt de twee Sabelhauers, sien Sabber drippelt op ehrn barften Hals un denn: Haps! haut he eerstmol rin. As he wedder opsteiht, lickt he sick dat Muul, halt ut sien Büxentasch 'n Packung Tähnpasta un gnurrt: Vampir – med... üm dat Se ok morgen noch düchtig tosnappen köönt!

De Stütten vun de Gesellschaft

Hüüt will ick nu mol nicks vertellen vun Ida oder anner Fruunslüüd, also is nicks mit Katastrophen oder so, hüüt sünd de Mannslüüd an de Reeg, sünnerlich de Stütten vun de Gesellschap – de, wo sick allens üm dreiht, de so'n Art Symbol sünd för dat, wat wi »sinnig«, »deepdenkern« oder »kommodig« nöömt; un nich blots vun jem will ick vertellen, nee, ok vun dat, wat se to dat makt hett, wat se nu sünd: De Pipensmökers un ehr Warktüüch, de Piep. Mit so'n neemodschen Snack, as to'n Bispill, datt se all 'n verdrängten Nuckelkomplex hebbt, dor will ick mi gor nich eerst mit afgeven; blievt wi lever bi de Praxis.

Kiekt wi uns doch toeerst mol an, wat passeert, wenn 'n richtigen Piepensmöker – also nich so'n hippeligen Lullenlutscher – enerwegens opkrüüzt, op 'n Party oder Geburtstagsfier, will ick mol seggen.

Wat he tovörderst maakt, is, he kiekt sick nah 'n ruhige Eck üm – man to still dröff de ok nich ween, de annern Lüüd mööt em noch sehn köönen, anners is sien Laifoptritt jo för nassing –. Wenn he so denn 'n deepen Sessel funnen hett, denn sackt he dor dal un fangt an: He hett in sien'n Antoog so veerteihn bit tweeunveertig Taschen, un de rüümt he nu ut. Vör sick op 'n Disch oder op de Lehn vun sien'n Sessel packt he eerstmol 'n lütten Kuffer – so vun dat Format, wo anner Lüüd op Weltreis mit gaht – un ritt em op. Dor sünd siene Piepen binnen. He kiekt de söss Qualmkoker beten lustlos an un denkt denn woll för'n Ogenblick an sien grote Smökkollekschoon tohuus, un denn langt he een vun de Gewaltkolben rut un kloppt em vörsichtig tegen sien Hand. So twee bit dree Meter üm em rüm kann nu müms mehr utglitschen. He leggt de Piep an de Siet un kraamt ut 'n anner Tasch 'n chirurgischen Apparot, de anners woll för Mannel- oder Polypenoperatschoonen brukt ward. Mit een vun de scharpen Lepels dor an kratzt he den Piepenkopp ut un leggt vör sick op'n Teppich so'n Art »Fährte«, un dat bedüüdt: Achtung – hier is 'n Piepensmöker

west! Ut de neegste Tasch grabbelt he denn 'n Bünnel witte, weeke Sticken. He stickt dor een vun langs dörch sien Piep, treckt em hen un trüch, un wenn he em wedder ruthalt, is de Sticken statts witt un plusterig bruun un matschig. He packt den Stinkworm op'n Aschbeker un de Damen in de Neegde kriegt 'n witte Nees un gaht för'n Ogenblick rut. Nu puust he kott un scharp dörch sien Piep; de Lüüd, de noch stahnbleven sünd bi em, hebbt nu miteens Sommersprossen —. Fehlt noch de Toback, un den kann he nich glieks finnen. He kloppt sick af vun baben bit ünnen, un du denkst, du büst bi'n Toll, 'neem se de Smugglers jo ok so betatscht. Denn grient he selig un treckt noch 'n Kuffer ut sien Büxentasch – dor is de Toback in. Nu proppt he sien Knösel mit veel Geföhl un swatte Finger vull. To'n Sluss inspizeert he sick op Rietsticken. He klemmt sick de Piep mang de Tähnen, kniept de Lippen tosamen un suugt sick Füür in sien Krüllsnitt.
Denn is dat ennelk sowiet: Dicke Swoden stiegt op vun em, sien Knösel röhrt un klötert as 'n kaputten Lokus, un ringsüm föhlt sick de Partygäst so richtig kommodig — dor ännert de poor Erstickungsfälle ok nicks an, de nu ut'n Finster röchelt. Geiht deepen Freeden vun em ut, un he sitt dor nich mehr eenfach — he thront: fast, seker! 'n ganzen Kirl!
Mutt een aber ok Talent för hebben. Mit mi hett dat nie nich so recht klappt. Ick weet ok nich, wat ick nu alltiets den verkehrten Toback tofaten kreeg, oder wat ick blots nich de rechte Gedüür harr — egolweg dee ick mi dat Muul verbrennen. Un güng jümmers wedder ut, de Piep! Ick dee meist mehr Rietsticken as Toback bruken —. Un harr all neeslang dat Muul vull Sooß! Tegen den slechten Smack müss ick denn een Rum nah 'n annern drinken, un so kümmt dat, datt ick vun't Piepensmöken mehrstiets besopen warr —.
Man kunn jo ween, dor kümmt mol een, de mi dat Piepensmöken richtig wiest...
Ida seggt, denn wurr se sick bannig högen. Denn wenn ick de Piep in't Muul heff, kann ick nich sabbeln.

De patente Ratgever

Nee, also dat is mi jo klor – bi de Benzinpriesen, dor kannst jo nicks bi maken, datt de ümmer höger un höger klattert; denn dat hebbt de vun de groten Mineralölfirmen al dütlich noog faststellt, datt se dor keen Schuld an hebbt un möögt an levsten gor nicks mehr an verdeenen an dat olle Benzin, is jem direkt schenant un liggt allens an düsse verdorigten Ölscheichs.
Man wat anners – dor köönt wi an dreihn! Kiek mol, de Ministers, de sünd doch jümmers an 't Lamenteern, datt Kranksien hüüt so düür is, nich, un de Patschenten schüllt nich so op los aasen mit jem ehre Maladitäten; de Krankenkass kann ok nich allens betohlen, de hebbt al noog mit de Dokters ehre Hornorare to doon, tjä, un dor will ick di nu mol wat seggen: Fröher, dor geev dat so wunnerbore Böker, weeßt du – DER HAUSARZT oder MEDIZINISCHER RATGEBER FÜR DIE FAMILIE, un de weern jo würklich goldwert! Nicks vunwegen bi elkeen Trabbl furts an de Strippe hangen un denn »Herr Doktor, kommen Sie mal fix – mein Gatte mit sein Schluckauf, der haut mir die ganzen Tassen ausn Spind...« oder so ähnlich, nee – Ratgever opslaan un allens weer wedder in de Reeg! Süh, un dor heff ick mi hier 'n poor wunnerbore Middel opschreeven, de hölpt förwiss; un wenn nich, denn brukst achteran op jeden Fall keen Dokter mehr.
Eerstmol gaht wi los op dat Verköhlen, op den Snööf. Tabletten un so 'n Tüdelkraam laat wi an de Siet – hier mutt Kamille her! Kamillentee opbröhn, in 'n groten Pott geten, Nüschel dor över hangen, Handdook övern Kopp un düchtig Luft halen. Wenn de Tee noch so an de hunnert Grod hett, brennt dat toeerst 'n beten in de Nees un laterto ok in de Ohren, Muul, Ogen un Lungen, man nah 'n half Stünn gifft sick dat. Snööf is rein as wegblosen – Nees ok. Dien Baffi süht twars ut as 'n slappen Luftballon, man inaten kannst – wunnerbor! Geiht allens glatt dörch, bit to 'n annern Enn.

'n echt gräsige Plaag is jo ok de Saak mit de Wörm – Bandwörm, Spulwörm un wo se all heet. Düsse Sorgen büst nu leddig, hör mol to: Kennst doch düsse lütten Ohrhörers, nich, vun de lütten Radios oder Fernseher, de di eenfach in 't Ohr stickst, wenn du blots för di alleen hören wullt, jo – un so'n lütt Dings, dat stickst di denn achtern, wenn du 'n Bandworm hest, also... is jo meist 'n beten schaneerlich to seggen, man is jo egentlich nicks anners as 'n Inloop, 'n Klistier, nich, un dor is doch nu nicks bi – blots datt du di denn keen warm Water oder so... ick meen, dor leggst denn eenfach 'n Schallplatt op, vun Heino oder so. Schallst mol sehn, wat de Bandworm denn aber utbückelt, oha! Mit Kopp un allens! Oder wenn dat 'n ganz rabiates Beest is, denn eben »De Norden singt«, dat is jo de reine Huusaftheek, sowat.
Blots mit de Kokosbergerkur, dor mußt di mit vörsehen, de klappt nich jümmers... de heff ick mol op Sylt makt. Ick weer verleden Sommer mit mien School dor un eendags köff ick mi bi 'n Bäcker 'n Kokosberger. De dee mi bannig goot smecken, un ick denn furts wedder rin un noch dree köfft. De Verköpersch grien över mien Smachter un wünsch mi fründlich goden Apptit. Annerndags güng ick mit mien Schoolklass op 'n lütte Wannerung un ick harr den Infall, för jem ut de Klassenkass Kokosberger to köpen – fievundörtig Stück. Düttmol grien de Verköpersch al wat egenortig un schüttköpp 'n beten, man se pack mi de Koken in 'n grote Tüüt un sä wieder nicks. Noch 'n Dag later harrn sick de smackigen Kokosbergers ok bi de annern Klassen rümspraken, un se wullen ok welk hebben. Düttmol dä ick över söbentig Stück halen. De Deern bi 'n Bäcker grien nu nich mehr, se reep ehrn Chef. He kipp mi argdenkern den vullen Korv vull Koken in 'n Büdel un meen, dat harr je noch nich beleevt, datt een so veele Kokosberger verdrücken kunn... Dor ridd mi woll de Düvel un ick sä dröög: Och, dat is nu mol nich anners bi de Kur...
Kur – ? Wat för 'n Kur? anter her.
Footnagelkur, sä ick. Mi wasst de Footnagels jümmers so fix, un nah düsse Kur bruk ick mi blots all half Johr de Nagels to snieden...
Gediegen... meen he, wat dat allens gifft – brukt Se morgen wedder welk?

Kann sien, anter ick, wenn dat ansleiht — ?
Den neegsten Dag wullen wi wedder trüchfohren, nah Hamborg, un de Kinner freien sick al för dull op 'n feinen Kokosberger – hunnerttwintig Stück. De Meister lach öber 't ganze Gesicht un wies mi 'n grot Plakat: »Nie mehr Fußnägel schneiden — machen auch Sie die Kokosbergerkur! Garantierter Erfolg!«
För morgen back ick dreehunnert! glucks he, 'n Bombengeschäft!
Ick glööv, nah Sylt fohr ick nich wedder...

Hammonia op Trab

Also – dat will ick di seggen: Dat hangt mi jo nu bi lütten to'n Hals rut, mit de Hamborg-Werbung, nich?
Is doch wohr – dor hebbt wi nu so 'n feine Stadt und wat passeert? Nicks! Nüms dor, de de Lüüd in Düütschland un ok 'n beten wieder lang mol so richtig verklort, wat 'n in Hamborg allens beleven un ankieken kann! De mehrsten Lüüd vun buten, de kennt höchstens den Hoven, de Reeperbohn un de Alster, dat 's allens. Is doch 'n Schann sowat, nich? Wat is dat blots för 'n Immitschpleeg, frog ick mi. Also – dor kannst seggen, wat du wullt – aber de Mackers vun de Hamborg-Werbung hebbt dor eenfach keen Ahnung vun, ut Hamborg mol 'n echte Attrakschoon to maken! Un dorbi is dat doch gor nich swor, hier in uns Stadt 'n poor »Spotlights« för 'n anständige Repräsentatschoon to finnen!
Mann – de harren mi mol frogen müßt, de harr ick aber wat vertellen kunnt... aber op mi hört jo nüms, nich mol uns Katt –. Aber wenn – du, Junge, Junge, denn güng dat aber rund! Un wär noch nich mol düür, mien Touristenprogramm! Denn wi hebbt jo allens, brukt wi blots wat ut to maken! Michel, Reeperbohn un so – klor, dat köönt wi jo so laten, is sotoseggen de Standard-Trip bi de Stadtrundfohrt.
Man denn schallst mol sehn: Nummer Een is 'n Spezialtour för de Touristen mit 'n Faible för Architektur: Hamborg un siene Garagen! Dat is denn 'n söbenstünnige Nachtwannerung dörch de Parkhüüs in de City un dat is sogor för Hamborgers interessant, denn de mehrsten kennt de Hooggaragen in de Innenstadt jo gor nich vun binnen, wiel datt de jo över Dag tomeist full sünd, de Garagen meen ick, un steiht denn »Besetzt« an –.
Nummer Twee – de Fernsehturm! Dor hebbt se nu 'n Toorn, de tweehunnerteenunsöbentigunhalv Meter hoog is, un wat fangt se dor denn mit an? So in hunnertdörtig Meter Hööcht hebbt se 'n Restaurant buut för tweehunndert Lüüd. Dat 's allens.
Klor, is jo schöön, datt sick de Restaurant-Etoosch dreiht, eenmol

in de Stünn, man sünst? Wat makt se mit de rund hunnderttwintig Meter Turm ünner dat Restaurant? Nicks!
Sühstwoll – un nu kumm ick: Dat brukt se doch blots annersrüm to maken: De Restaurant-Etoosch blifft stahn, un de Turm dor ünner, de dreiht sick! Un dor passt denn doch tominnst twee-, dreedusend Touristen rin! Un se köönt dat dann fein individuell maken – de nich swinnelfree sünd, blievt ünnen in 'n Turm, de annern klattert wieder nah baben! Blots 'n poor Finster in de Wand kloppen, fardig is de Lack!
De Stratenbohn heff ick mi as Nummer Dree dacht: Nu fohrt jo keen mehr, man is doch interessant för de Touristen, to sehn, 'neem se mol fohren is, nich? Süh dat gifft 'n feine Expeditschoon to de ehemoligen Haltestellen –.
Na, is dat wat? För de Kinner gifft dat denn Speelkorten, so'n Quartett mit Biller vun de Haltestellen, un köönt denn tuuschen, seggt wi mol: Linie 14, Möhlenkamp tegen Linie 27, Kleiner Schäferkamp.
Ach, un denn doot wi mol wat för de Touristen, de egentlich nah Venedig wullen – hehehe, för de heff ick 'n besünnere Överraschung! Wi weet jo all, datt wi ünner uns Straten de Kanalisatschoon hebbt – wenn dat ok männigmol ut de Sielen rükt, as harrn wi gor keen – kiek, un dor gifft dat nu so richtige Linien ünner de Eer; de een dorvun geiht vun 'n Gänsemarkt in de Richtung vun 'n ollen Elvtunnel un is so an de veer, fiev Kilometer lang, un dor kannst mit 'n Schlauchboot in lang fohren – dat is nu keen Jux, dat stimmt würklich!
Jo, un dor haalt wi uns eenfach 'n poor Gondoliere ut Venedig, un de fohrt de Touristen denn ümmer hen un trüch vun 'n Gänsemarkt to 'n Elvtunnel un singt dor ok to, un as Souvenir kriegt de Fohrgäst to 'n Sluss 'n Plastikbüdel full echt Hamburger Kanalisatschoon!
Tjä – dat schall mi mol verlangen, uns Hamborg-Immitsch mol so richtig op Hoogglanz to gniedeln!
Blots – de lat mi jo nich ran... segg mol sülven – is dat nich 'n Jammer, datt son fixen Dutt as ick nich so dröff as he kann, wat?
Naja – de Prophet gellt nicks in sien eegen Land – dor hest dat mol wedder...

Abben Knopp

Ick kenn em nu al so an de dree, veer Johr, un sowiet as ick mi besinnen kann, hett dat nie nich Trabbl geven mit em; wenn ick em bruken dee, weer he dor, un ok ick heff doon för em, wat ick man kunn. Heff em allerwegens mit hennahmen; un so schall dat jo ok sien, datt de een för den annern dor is. He is twars ut England, man ick keem liekers goot trecht mit em – he weer so 'n heel soliden, versteihst du, nich öberkandidelt, nehm mi nicks krumm, un vun mi ut kunn dat allens so wiedergahn. Jo, bit vör veerteihn Daag. Ick weet dat noch, as weer dat güstern west: Wi harrn enerwegens wat to beschicken, un as ick wedder loos wull, dor füng de Arger an – he harr een Knopp verlaren! Un ick meen, wat is 'n Trenchcoat mit 'n abben Knopp nich? Süht gräsig ut, kann ick di seggen. De barfte Strünken kiekt in de Gegend, as schull de ganze Welt dat mitkriegen: Ick bün nich mehr kumplett! Mi is sowat bannig schaneerlich, un ick denn furts nah Huus, 'n niegen Knopp söken. Tohuus aber weer Ida nich dor, un so wurr denn eerstmol nicks ut dat Söken un ick hüng den Paletot an 'n Haken.
Annerndags lang ick fidel nah mien 'n ingelschen Fründ un leet em glieks wedder fallen – de Knopp fehl jümmers noch. Dat funn ick nich goot un heff dat Ida ok seegt. In düsse Tiet keen Paletot an – dor kannst di dochböös verköhlen! Överhaupt weer ick heel seker, datt ick domols 'n Reserveknopp mitkregen harr un ick hör mi noch dütlich seggen to Ida: Pass blots op, datt de Knopp nich wegkümmt – kannst nich weten, wannehr du em bruken warrst! Denn ick bün 'n ordentlichen Minschen un kann denn jo woll ok verlangen, datt se dat respekteert! Hett se denn doch ok ehr Godes vun un brukt nich stünnenlang to söken nah so 'n albern Knopp! Man kannst di gor nich vörstelln, wat nu loos weer: Dag för Dag dat sülvige Theoter! Trench vun 'n Haken, Knopp noch nich wedder an, Trench wütig in de Eck smieten, un obends weer Ida mol nich dor, mol harr se keen Tiet, mol dee ick dat vergeten... naja – nich egentlich vergeten, denn vergeten do ick so

licht nicks, ick bün 'n ordentlichen — — op jeden Fall: Dat keem al so wiet, datt ick sülvst nah 'n Knopp söken wull! Tjä, du — op so 'ne Ideen kümmst denn! In 'n lesten Ogenblick heff ick mi denn tosamenreten, man wo licht harr dat passeern kunnt!
Vör 'n poor Daag nu müss ick obends weg, un dat dee regen. Dat Drama keem to sien'n Höhepunkt. Ick heff hen un her spekuleert, man Ida weer nich tohuus, un so harr dat Spekuleern jo keen Sinn. In twintig Minuten heff ick an söbenundörtig Steden nah den Reserveknopp söcht un dorbi veel wedderfunnen, wat ick Ida penibel to 'n Opbewohren geven harr. Blots keen Knopp. Denn full mi in, datt ick op 'n Böön noch so 'n ollen Trench to liggen harr un ick denn furts de Ladder ut de Bessenkamer — un de stunn jo wedder in de achterste Eck, un ick bün sogor noch stulpert öber all den Backbeernmuus, den ick eerst op de Deel smieten müss — na, un denn dörch de Böönluuk un allens dörchsöken. Uns Böön is föffteihn Meter lang, de Trench leeg in 'n fein Versteck an 't Enn. As ick jüst seeg, datt de Knööp veel to lütt weern, hör ick Ida op de Ladder klattern un schimpen vunwegen datt ick jümmers allens stahn- un liggenlaat un denn baller se de Böönluuk to un ick hör nicks mehr. Sogor dat Licht dee se wedder utknipsen, 'n halv Stünn heff ick ballert an de Luuk un wull al dörch dat Dackfinster klattern, as se ennelk mitkreeg, datt se mi dor boben inslaten harr. Se weer inköpen west un harr mi 'n niegen Knopp mitbröcht. Wiel datt ick dat nu bannig ielig harr, heff ick den Knopp an mi nahmen un em korrekt in 'n Breefkuvert steken, üm datt se em nich wedder versusen kunn. Jo un dat Kuvert heff ick denn annerndags mit all de annern Breven in Breefkasten smeten.
Man vertell dat blots nich Ida — de kriggt dat wiss wedder in 'n verkehrten Hals...

Brägenklöterig

Männigmol kannst hören, datt dat vörbi is mit de Düütschen as »Volk der Dichter und Denker«, un datt wi blots noch achter de Kohlen ran sünd, un hebbt nicks mehr in'n Sinn mit Grips un lyrische Grappen oder so.

Allens Quatsch, segg ick.

To'n Bispill nülich in de Isenbohn. Dor seten söss Lüüd in dat Coupé. 'n Ehepoor — wat öller al, 'n junge Deern, 'n ollen Opa, 'n Manager-Typ un ick. Mit Kommunikatschoon weer nicks, blots datt se bi't Rinkamen fröögen, wat de Platz noch free weer, dat's allens. Denn aber haal de Deern 'n Heft ut ehr Tasch, so'n Radelmagazin un wat to'n Schrieven. Af un an keek se in de Luft, mit'n echten Denkerblick, denn full ehr wat in, un se schreev dat gau op — weer woll 'n Krüüzwoortradel oder sowat. De al wat öllere Fruu vun dat Ehepoor neven ehr schuul al 'n ganze Tiet mit in dat Heft, un kunnst marken, datt se blots dor op luer, ehr Radelweeten an'n Mann — oder beter: an de Deern — to bringen. Un as de Deern wedder mol Lööker in de Luft keek, see de Fruu luut un eernsthaftig »Po!«. De annern Reisenden stiern ehr verbaast an, ok ehr Mann.

Tschulligung, see se mit 'n roden Kopp, Fluß in Italien, twee Bookstaven... ick meen man blots — wenn Se nich wiederkaamt...

Ach..., sä de Deern, un: Danke! Kennen Sie auch »Japanisches Zahlungsmittel mit drei...

Yen! As ut de Pistool keem dat — weer de Manager: Äh — wenn Sie gestatten...

Se verlööv em dat. Man de olle Opa gnurr: Kunn jo ok »Öre« wesen, nich? Japan, see de Manager höflich, »Öre« ist wohl mehr Dänemark, oder —?

Aber hier —, meen de Deern, wenn ich das bloß... Bund mit...

Ehe! reep de Ehemann dortwüschen.

So güng dat 'n ganze Tiet – dor weer ick ünner de Profeschonels kamen. De Deern kunn gor nich so gau schrieven. Geevt Se mi dat Heft mol röber, see de Ehemann, denn geiht dat wat fixer un wi köönt all mit rinkieken!
Dat weer een vun düsse Monsterradels mit poordusend Wöör; dor warr ick al meschugge, wenn ick de blots ankiek –. Slag op Slag güng dat nu, mi harrn se nich mit op de Reken, dachen woll, ick harr een an de Luuk. De Deern keek wieldess ut'n Finster.
Man denn heff ick jem ornlich een mitgeven: Naturkatastrophe mit dree Bookstaven, see ick.
Wat –? Bitte –?
Mit dree Bookstaven – steiht dor ünnen... Un ick wies enerwegens op den Woortsalot ünner dat Radel. Se keeken gor nich eerst nah, weern glieks an't Spekuleern.
Dree – –? fröög de Fruu.
Hehe, bestimmt »Ehe«, mecker de Opa, hehe – Naturkatastrophe... De Ehemann wull ok lachen, man sien Olsch keek em so bösortig an, datt he sick verslöök. 'n halv Stunn hebbt se sick dor mit afmaracht, denn müss ick utstiegen. De Deern keem ok mit. Sowas..., schüttköpp se, nich mal mein Heft hab ich wiedergekriegt...
Is aber ok wohr – düsse Radelfans vergeet allens üm sick, is meist so'n Art Sucht –. Bi mien Mudder is dat al so wiet, datt wi keen kareerte Dischdeek mehr opleggen möögt; denn langt se furts nah'n Bliesticken –.
Ick heff för düsse Woort- un Silbensökeree nich veel över. Blots bi'n Dokter, in't Wartezimmer, dor makt mi dat heel legen Spoß. Denn griep ick mi de Illustrierten un kiek nah 'n Krüüzwoortradel, dat noch nich utfüllt is. Fix schriev ick denn dor so teihn, twölv Wöör rin, de woll de richtige Läng hebbt, aber sünst partout nich dorhenpasst. Denn pack ick dat Heft wedder trüch un tööv. Klappt jo nich jümmers, man eenmol, bi'n Tähnknieper, lang sick 'n Fruu dat Blatt un wull ielig dat Radel, dat ick anfungen harr, fardig maken. Nah teihn Minuten weer se so in de Brass, dat se de Illustrierte merrndörch reet. In düssen Ogenblick keem de Hölpersch rin, mi to'n Dokter to halen. Also, de twee Fruunslüüd hebbt sick

wegen dat kaputte Heft so in de Wull kreegen, datt ick to'n eersten Mol froh weer, mi op den Marterstool setten do könen —. Achso — Se wüllt noch weten, wat 'n Naturkatastrophe mit dree Bookstaven is?
Is doch eenfach: Ida.

Wo geiht't?

Wenn twee Wauwis sick op de Straat draapt, denn köönt se mit 'n Steert wackeln, un dat heet denn soveel as: Hallo, Macker! Minsch, wat frei ick mi, di mol wedder to rüken! Oder se stulzeert mit stiefe Been ananner vörbi oder üm sick rüm un dat bedüüdt woll: Passt Se blots op, datt ick mi nich vergeten do! Se weet woll nich, datt ick hier de baberste Snüffelnees bün, wat?
Bi de Minschen funkschoneert dat beten anners; dat liggt to 'n eenen dor an, datt se keen Steert hebbt to 'n Wackeln, un to 'n annern, datt se bi 't Lopen twee Been free hebbt, wat bi jem de Arms sünd. So makt se denn Scheekhänds oder düssen modernen Ringkampf mit Backenlutschen.
Man blievt wi toeerst mol bi 't Hannenschüddeln. Dor gifft dat so üm un bi fievhunnertuntwintig Variatschonen. Dat hangt mit de Checklist tosamen, nah de en Minsch vörgahn mutt, wenn he'n annern de Poot geven will: He mutt sick to 'n Bispill frogen: Kenn ick em? Kennt he mi? Kenn ick em goot? Will ick em kennen? Oder schall he mi kennenlehren? Heff ick em hüüt womöglich al fiev mol de Hand schüddelt? Hett he natte Hannen? Is he amenn 'n Catcher un ick achteran Invalide? All düsse Frogen makt de Lüüd beten unseker, un so kann dat denn passeern, datt de een op den annern mit wiet utstreckten Arm losscheest un de annere so deit, as mark he dat gor nich: op hoogdüütsch heet dat denn Affront.
Üm datt sowat nich vörkümmt, hett de leeve Gott uns Minschen so utstaffeert, datt wi – ganz anners as de Hunnen – uns Arms ok op 'n Rüggen holln köönt. An besten köönt dat de Mannslüüd ut dat ingelsche Köönigshuus. Ick glööv, de sünd al mit de Hannen op 'n Rüggen to Welt kamen. Un wenn de also mol een draapt, mol seggen so föfftig Mann Staatsbesök oder fiefhunnert Piepl Ehrenkumpanie, denn weet all de annern: Aha, Prinz Sowieso hett woll kolle Flossen, oder backsige, oder Rheuma inne Gelenke – op jeden Fall: Is allens klor denn,

un steihst nich so schenant dor as 'n Udel, de den Verkehr regelt –.

Uns Politikers sünd dor jo 'n ganz annern Slag. Sünnerlich bi uns in Hamborg, dor makt se Politik to 'n Anfaten. Jümmers an 'n Neejohrsdag ward de Börgermeister in 't Rathuus fastkleevt, üm datt he nich utneihn kann, un denn dröfft jedeneen, egol wat he old oder jung, groot oder lütt, arm oder riek is, em de Hand geven. Nee – eegentlich: sien Hand nehmen, de vun den armen Börgermeister. Dat heet op hoogdüütsch Demokratie, wat hier soveel bedüüdt as: Elkeen hett dat Recht op den sülvigen Bazillus!

Mit Frunnslüüd ward dat Scheekhänds noch veel kumplizeerter. Wenn du dor nich op 'n Kien büst, denn hollt se di ehre Extremität leeg ünner de Nees un de dröffst du denn nich schüddeln un ok nich an snuppern, so is dat nich meent – de wüllt denn 'n Handkuss hebben.

Gifft ok de sogenannten »Duppelschüddlers«. Wenn du de dien Hand giffst, kannst du diene Griffel man för de neegsten poor Stünnen vergeten. Tweehännig packt se dat ünnerste Enn vun dien Arm, wringt dat ut, bit de Knaken knackt, fuhrwarkt dor mit rüm, datt du meenst, se wüllt ut di Öl rutpumpen, un dat, wat du denn to 'n Sluss trüchkriggst, is nich mehr dien Arm – dat is 'n frömden slappen Büdel, den di woll een verkehrt rüm an dien Schuller bummelt hett –.

Süh, un nah all düsse Kalamitäten mit dat Hannenschüddeln hebbt de Minschen clever de »Russische Knieptang« erfunnen. Wenn een den annern süht, un de markt dat nich so fix oder is nich mehr so good to Foot – denn packt he em mit beide Arms, hollt em fast, kiekt, wat de annere sick de Ohren wuschen hett, markt, wat he för 'n Deodorant bruukt un lett em wedder los. De annere hett nu 'n kaputte Brill, tweie Zigarren un 'n scheev Toupet – man ok dat sekere Geföhl: De Lüüd mögt mi!

Un is dat etwa nicks?

Bimmeldroom

Ick weet jo nich, wat di dat nu ok so geiht, man för mi is dat de Heven op Eern, is echte Levensqualität: Stell di vör — kümmst al nahmeddags nah Huus, nüms is dor, büst ganz alleen, un denn leggst di för 'n kommodige Veddelstünn op dat Kanapee, büst so richtig op Riehläcksen instellt... buten tirileert 'n Pieper op 'n Boom, binnen tickt de Klock op 't Vertiko, allens is liesen; du sinneerst 'n beten vör di hen, kümmst in 't Drömen, de Nahmeddag seilt sutje vun di weg, du slöppst fein 'n Stremel, un denn waakst wedder op nah 'n Veddelstünn — oder ok poor Minuten later — un föhlst di wedder vull Pauer un Spied... hährlich!
Süh, un güstern harr ick nu so 'n Glücksdag. Halvig dree keem ick to Döör rin, hüng mien Jack op 'n Haken un denn furts daal op den Blomenplüüsch.
Nah fiev Minuten mark ick al, datt ick an Indösen weer, denn miene Been fangt miteens an to zucken, un dat is bi mi 'n seker Teken för Slapen; wenn ick waak bün, bün ick nich so lebennig —.
Meern in mien 'n eersten lichten Driedeldroom bimmelt dat Telefon.
Na, ick jo hoog, ran an den Sabbelkasten, 'n fründliche Lähdie wull mi inladen to 'n Leesobend. Jojo... allens klor... frei ick mi bannig op... neenee, Se hebbt mi afsluut nich stört, ach wat... un veelen Dank ok för den Anroop... jo... tschüüs... bit denn!
Ick sack wedder dal op 't Sofa, denk noch 'n Momang achter de Inladung ran, sinneer öber dütt un dat, miene Been fangt wedder an to rucken un dat — aber dat kennst du jo al.
Nah 'n poor Minuten — wedder dat Telefon. Nu stöhn ick al 'n beten bi 't Hoogkamen, so as de Seelööv in düssen Fernsehspot vun 'n NDR; na, egol — Hörer afnehmen... falsch verbunden. So bi lütten kreeg ick 'n stahlharten Blick in de Ogen... oh bitte... gern geschehen... da nich für... nee, de Nummer heff ick nich... jo, bitte sehr —.

To ’n Sofa trüch as Napoleon nah sien Waterloo, rop op de Sprungfedern, halfluut »Schiet, dösiger« brabbelt, Ogendeckel fallt langsom wedder daal, Been fangt an un so wieder — — un denn to ’n drütten Mol de Bimmelee!
Himikreizsakrament!
Un wenn ick anfang, op bayrisch wütig to warrn, denn gifft dat al Erdbebenwerte op de Richter-Skala. To den stahlharten Blick kümmt nu ’n echten Dressmangang, so mit bannige Spannung in. Firma Soundso, un morgen ward de niege Schirmstänner schickt! Mienwegen ok dat noch, veelen Dank...
Hörer un Gobel hebbt nu de eerste Materialproov achter sick. Dat Sofa ok. Küssen op de Ohren, Ogen to, de Nahmeddag seilt nich mehr sutje vun mi weg, he peest mit Bimmeln, Jumpen un Stulpern dörch mienen Brägen.
Nah den sössten Anroop dreih ick de Telefonklock liesen un hau mi wütig wedder hen.
Ogenblick later puckert un gurgelt dat Ding, as wurr em de Luft afknepen.
Man ick bliev fein liggen. Mit mi nich, nich mit mi. De Bundespost klötert un brabbelt dree Minuten lang, is eenfach nich uttoholln!
As ’n Tiger schees ick hoog, riet den Hörer vun de Gobel, bölk mienen Nomen — nicks!
Opleggt.
Eenfach opleggt.
Also dat... dat is di denn doch... de kann doch nicht eenfach... Eerst stünnenlang düsse Gurgelarie un denn... un-erhört!!!
Un överhaupt... wenn dat nu womöglich wat Wichtiges weer? Wat heel Wichtiges —?? Wokeen kunn dat nu blots west sien...?
Hett nüms wedder anropen, bit nu nich. Un ick sitt dor, stier dat Telefon an un kann nich slapen...
Also, wenn du dat west büst — denn röppst mi stantepeh wedder an, hörst woll? Vun mi ut ok merrn inne Nacht — dor warrst jo meschugge, wenn so gor keen anröppt...

Dor kannst op fleiten!

Segg mol – kannst du fleiten? Jo? Ick ok, du, as Fleiter bün ick 'n echten Kräck! Naja – tohuus, also dor dröff ick jo nich mehr... seggt se, all de Reten in de Muurn, dat kümmt blots vun mien infernalisches Fleiten... aber buten, oha! Dor bün ick de reine Triller-Domingo, wenn ick so spazeern gah, un glöövst gor nich, wat de Lüüd för Respekt vör mi hebbt – gaht all op de annere Stratensiet un kiekt denn vull deepe Bewunnerung to mi röber...

Un denn: Fleiten – dat is jo nu nich eenfach Luft dörchpusten, bit datt dat 'n Ton gifft, vunwegen! Gifft dor sogor echte Profis ünner, so as de Ilse Werner oder düssen Roger Whittacker, de sogor tweestimmig fleiten kann un denkst denn, dor kümmt glieks so 'n amerikoonsche Dampflok ut 'n Wilden Westen ansuust –.

De mehrsten Lüüd sünd jo al froh, wenn se öberhaupt 'n Ton rutkriegen köönt, denn – un dat dröfft wi ok nich vergeten – Fleiten, dat kann mennigmol heel nöödig sien! To 'n Bispill stell di vör, dor kümmt so 'n feine smucke Deern op di to – dor is dat doch wichtig, wenn du tominnst mol so liesen fleiten kannst, üm ehr to wiesen, wat se för 'n starken Typ is! Naja... hüüttodags, wo du di so un so op nicks mehr verlaten kannst, dor ward dat jo ok annersrüm makt, also datt de Deerns fleit, wenn so 'n albernen Dressman an jem vörbiseilt... finn ick nich goot, sowat! Nee, ick much dat nich hebben, wenn all neeslang de Fruunslüüd achter mi ranfleiten deen, un ick kiek jem ut Vörsicht ok al jümmers wütig an, för den Fall, datt se achter mi – hett ok holpen bit nu, bi mi hebbt se dat noch nich versöcht...

Un denn jo nachts in 'n Wald. Oder alleen in 'n düster Treppenhuus oder op 'n Karkhoff. Denn is dat ok goot, wenn du di een fleiten kannst. Bi mennigeen hett dat gröttere Wirkung as 'n Knüppel oder Tränengas. Ida meent jo jümmers, datt bi uns noch nüms inbroken hett, liggt blots an mien Fleiteree –.

Dor fallt mi in – manipuleern kannst mit Fleiten ok! Heff ick mi fröher alltiets 'n besünneren Spoß ut makt – mußt driest mol utprobeern, in't Büro oder in de Warksteed – dor, 'neem poor Lüüd an't Arbeiten sünd: Geihst eenfach an vörbi un fleitst liesen 'n lütten Slager vör di hen, nich mehr. Nah 'n poor Minuten kannst op af, datt se in 'n ganzen Bedreev dien Leed summt, singt oder fleit. Wenn di dat denn toveel ward, kümmt de neegste Song an de Reeg. De Hooge School vun dat Fleiten is jo dat Kaputtfleiten, so as dat de lütte Oskar in Günter Grass siene Blechtrommel kunn – oder nee: de harr dat jo mit Singen makt, glööv ick... man mit Fleiten kannst dat ok, tominnst düsse heel sensibeln Typen... hehe, ick heff mol as Jung 'n Musiklehrer hatt, dat weer so een; sien groote Leev weer de Musik von Brahms. Dor weer he in 'n Ünnerricht wohnsinnig mit innegang, sünnerlich mit düsse Ungarischen Tänze –. Nu is dat jo so, datt ick Musik heel goot in 'n Kopp beholln kann – un heff düüthalven ok gor nich eerst Noten lehrt – un dor keem ick op den Infall, mol so 'n Stück ut sien Repertoir to fleiten – aber to 'n Sluss mit 'n leegen Toon: 'n halve Noot to hoog. As he dat to 'n ersten Mol hör, grien he fründlich op sien sensibel Art, klopp mi op de Schuller un see: Schön, sehr schön, mein Junge, nur der Schluß, also da geht das so... Un he süng mit dat Enn vör. Dor heff ick mi bedankt un neegstmol den Sluss 'n halve Noot to deep fleit. He keek mi argdenkern an un schüddköpp: Nein, nein, das ist wieder zu tief... sieh, so... Un he speel mi dat op'n Klaveer vör. Poor Weken lang heff ick, jümmers wenn he in de Neegte weer, Brahms kaputt un em meist in de Klapsmöhl fleit.

As ick beten later vun de School floog, is ut em seker 'n religiösen Minschen worrn, wiel datt he nu sien 'n Glöven an de högere Gerechtigkeit wedderfunnen harr...

Barften Baffi

Minsch, Minsch, Minsch — dat is di villicht wedder 'n Problem, wat ick mi dor ophalst heff! Un dat allens blots, wiel datt mien Kopp, an de rechte Siet boben, weeßt du, also wo du di an de Stirn tippst... dor mööt jo woll bannig veele Nerven langslopen — op jeden Fall, so in 'n November puust de Wind jo mennigmol al tähmlich kold, nich, un is denn echt 'n Risiko för mien 'n barften Baffi un deit mi nah 'n halv Stünn Butenrümstebeln dor allens weh, jo... un is doch denn keen slechten Infall, sick wat op 'n Kopp to setten, oder? Naja, heff ick Ida denn güstern seggt, ick wull mi man lever 'n Hoot köpen, vunwegen miene Nerven an de rechte Siet bo...

»Wat?« lach Ida, »wat wullt du — 'n Hoot opsetten —? Bi dien Kopp??«

Ick mutt seggen — dat hett mi 'n Stick geven. Ick meen — wenn de eegen Fruu op düsse Art vun ehrn Gatten sien Kopp snackt...

»Dröff ick di dor op henwiesen«, heff ick liesen und kultiveert to ehr seggt — also nich mit Loosballern un Wütigwarrn, sowat heff ick nich nöödig — »...dor op henwiesen, datt ick keen jungen Spund mehr bün, un...«

»Dat brukst du nich«, meen se, »dat heff ick ok so al markt — tominnst brukst dor keen Hoot för...«

Ick heff ehr denn dankt för dat Gespräch un bün in mien Kamer gahn; provozeern laat ick mi nich — wenn een op so 'ne Fraag nich mit sien Intellekt antern kann, denn is de Saak för mi lopen.

In mien Kamer heff ick mi in Ida ehr'n Puderdoosspegel mien Kopp ankeken. Na, goot — bi mien Backenboort... dor 'n Hoot över — ick weet nich... Zylinder, jo, dat kunn ick mi vörstellen, dat seeg gor nich slecht ut, man so 'n Zylinder passt jo nich jümmers... oder 'n Mütz, so 'n beten op ingelsch... hmmm... seh ick villicht to kott un bünnig mit ut... Pudelmütz kümmt nich in Froog, dat is mi nich seriös noog, un Baskenmütz — överhaupt, mi full in: dat gifft jo ’n barg Kalamitäten, wenn ick op de Straat een droop, den ick kenn — Hoot kannst denn jo kott hoogheven to ’n Gröten, man so ’n Mütz —? Wat makt een mit ’n Baskenmütz op ’n Kopp, wenn he ’n höflichen Minschen is? Blots nickköppen un Mütz oplaten? Oder mit twee Fingers licht antippen — nee also... würklich... Ick nehm mi fast vör, in Tokunft nipp hentokieken, wat een makt, de ’n Mütz op ’n...’n Kolleeg vun mi, dee ick mi besinnen, de harr jümmers ’n Baskenmütz op... Dat dee mi nu so interesseern, datt ick em doch furts mol frogen wull, ick heff em eenfach anropen. »Seggt Se mol — Se dreegt doch ’n Baskenmütz, nich?« fröög ick em.

»Nee, in ’n Ogenblick nich«, meen he.

»Jo klor — to Huus jo nich«, see ick, »man op de Straat! Un wat makt Se, wenn Se dor nu een draapt, den Se kennt?«

»Wokeen meent Se denn?« fröög he trüch.

»Is egol«, anter ick, »jichtenseen — wat makt Se denn?«

»Denn segg ick em ›Goden Dag‹, wat sünst?«

Mann — de verstunn mi eenfach nich! »Un de Mütz — nehmt Se de denn af —?«

»Wenn ick to Huus bün — jo. Oder glöövt Se, ick gah mit mien Mütz to Bett? Hehehe... hebt Se een drunken, oder wat?«

Ick heff denn ophangt; de wüß gor nich, wo ick vun snack. Mit dem Hute in der Hand kommst du durch das ganze Land — gellt dat hüüt nich mehr?

Also dat dee mi jo nu mol verlangen — wat makt Se, leeve Lesers, wenn Se ’n Hoot oder ’n Mütz op ’n Kopp hebbt un Se wüllt een gröten? Afnehmen oder sittenlaten?

Denn dat will ick di seggen — ehr datt ick dor nich mit Bescheed weet, kööp ick mi nicks op ’n Kopp, dor treck ick mien Dufflecoat an — de hett ’n Kapuuz...

Trabbl-Rutsch

Ick seh dat jo al kamen — to 'n Sluss sitt wi dor doch wedder mit an! Vörher, jo vörher, dor kannst di gor nich vörstellen, datt dat wedder so 'n Trabbl gifft, man bi dat Dinner for One büst denn in Dutt un kaputt as jümmers — is denn also same procedure as every year...
Un kannst ok nich seggen, datt wi uns keen Möh geevt — nee, ick kann mi noch dütlich besinnen, datt wi al in 'n Oktober penibel an 't Planen weern: Wokeen schall inlaadt warrn to de Sylvesterfier, woveel Lüüd ward dat, hebbt se ok all Tiet un Lust, un so bit Dezember weer ok allens fein klor — so üm de veertig Piehpl schulln dat woll warrn.
Goot.
Denn so: wat schall dat to drinken geven, wat to eten — na, un so wieder. Dat allens mit Diskuschoon un akraat Opschrieven.
De neeste Etapp vör Wiehnachten harr al wat vun Mifrifi — „Mittelfristige Finanzplanung" — an sick, beter kunn 'n Finanzminister dat ok nich in Greep kriegen. To Wiehnachten denn stunn fast: Siggi wull den Knallkööm besorgen, he harr dor so siene goden Quellen. Ida harr sick de rasante Goulaschsupp in 'n Kopp sett — weeßt doch, wo de Gäst dat lestmol so hektisch an 't Lufthalen weern, datt wi in de Stuuv meist 'n Vakuum harrn; ick harr mi wedder mien 'n Speziolsalot vörnahmen, för den alleen teihn Stünnen notwennig sünd — twee Stünnen för dat Trechtsnippeln un Probeern un acht Stünnen för Ida, üm de Köök wedder optokloren; ok Anna harr'n salotigen Rundslag in 'n Sinn — weer also egentlich allens rodscher.
Sogor nah Wiehnachten süht dat allens noch gor nich so bedrohlich ut — seker, dat Wittbrood mutt noch bestellt warrn, de Berliner Pannkoken, dat tschipsige Knabbertüüch, dat Fatt Beer, de Saftbuddels, de Girlannen, de Braten, de Höhnerbeen, Servietten, Tähnstickers, Sektglöös bi de Naversch pumpen, Teihnliterpott för de Supp, Fleesch, Tomaten, Woddeln, Grööntüüch un noch

üm un bi veerhunnert annere afsluut notwennige Saken. Man wie hebbt jo ok noch veer Daag Tiet, nich? Achso, jo, de Musik... mööt wi ok noch wat op Kassette speelen... un de Stereoanlaag in 'n Partykeller... brukt wi noch teihn Meter Kabel... un Lüchtern... un — op jeden Fall: Planung is allens!
Jo, bit to 'n eenundörtigsten. Denn fangt dat Chaos an. Allens mögliche ward vergeten, noch mehr fallt uns in, de Ladens makt veel to fröh dicht, de Köök is veel to eng un wi sünd veel to hektisch, üm een Saak nah de annere to maken. De Klock ward veer, fiev, an Slapen is nich to denken — woso sünd annere Gastgever op jem ehre Parties blots jümmers so riehläckst?? Is 'n Geheemnis, un 'n Geheemnis is dat ok, worüm dat op mol al nah söss is... Miss Sophie ward glieks ehr Dinner spachteln un mit dat kommodige Verhalen vör de Fier, so as wi uns dat fast vörnahmen hebbt — dor ward dat wedder nicks mit. Un in een, twee Stünnen staht de eersten Gäst vör de Döör! De Stimmen in 't Huus ward luuder, de Piepmantjes vör de Döör ok, Anna kriggt 'n rode Nees, denn se hett ehrn Salot ümmer noch nich trecht, Ida brickt sick 'n Fingernogel af, dortwüschen huult de Pauerboxen mit vull Spiehd, twee Glöös gaht to Bruch, de Katt hett sick 'n Höhnerbeen angelt un fritt dat sabschige Dings op 't Sofa, Telefon bimmelt, dat is halvig acht, Ida un Anna mööt partout to sülvige Tiet in 't Bad, mien Schohband ritt, wo sünd de Servietten... an 'n Dannenboom sünd noch keene niegen Lüchten, mien Jung stickt dat Beerfatt an, un op de Deel hebbt wi nu landünner, 'neem is de Feudel... de Korkentrecker... de Servietten — weet denn keeneen, wo de verdreihten Servi... da — dat bimmelt an de Döör!!! De eersten Gäst... maak du mol op... ick stah noch in 'n Hemd... wunnerschönen goden Abend... Blomen, keen Vasen — — ach, habt Ihr das aber schön gemacht — das war doch bestimmt viel Arbeit... Arbeit —?? Ooch... nöh... wi freit uns, datt Ji all kamen sünd...
Hährlich, so'ne Party... tjä, denn mol rin in't Vergnögen — goden Rutsch!

Weitere Bücher von

Hermann Bärthel

Platt för Plietsche
Veel Pläseer för em un ehr

Nich to glöven!
Niederdeutsche Glossen und Grotesken

Nee aber ok!
Niederdeutsche Satiren

Düvel, Blitz un Dunnerslag

Meschugge Tieden

Fidele Wiehnachts-Äkschn
En plattdüütsche Adventskalenner

Fardig – los – Wiehnachten
Wiehnachten mol anners

Hacke, Pieke, een – twee – dree
Vun Sport un Speel 'n happig Deel

Er nu wieder…
Dumme Schnacks und wirre Reden

Strohwitwers
Vergnögte Vertellen
vun Leev, Lüd un lütten Arger

Erschienen im

Quickborn-Verlag